シネマガール

吉野万理子

角川文庫
20098

contents 目次

シネマガール登場

「イタッ」

人差し指の先から血が出てきた。小雨のなか、傘を差しつつ掲示板の紙類を貼りかえるのは、難しい。

舌打ちを人に聞かれたらまずいけれど、この時期はそんな心配がない。今日は9月1日。職員は普通に出勤だが、学生たちはまだ夏休みだから、サークル活動のある子が足早に行き来しているくらいで、構内は閑散としている。

掲示板を見る学生がいないのに、雨のなか、ポスターの貼りかえをする意味はあるのだろうか。『経済学部・住田教授　最終講義のご案内』だとか『卒業生・玉置正治の写真展』だとか、誰も気づかないいんじゃないかなぁ。

でも、そういう意見を言うのは、黄桃学園大学総務部総務課の仕事じゃない。指示されたものを毎朝、貼ったりはがしたりして、最新の情報にしておくこと。それが、わたしの業務だ。もちろん、これだけやっててお給料をもらえるほど、大学職員は甘くなくて、他にも雑用は山のようにあるのだけれど。

雨はだんだん大粒になってきて、キャンパス全体がくすんだネズミ色に見える。職員の夏休みは1週間で、それはもう先月終わってしまっていて、これから何も楽しみなことはない。

「人生面白くないって、あんた、25歳でそんな枯れたこと言ってどうすんの」

短大時代の友達にはそう叱られるけど。

そんなことを考えながらも、せっせと歩いて、3つの掲示板の情報を急いで更新した。なぜなら、午前10時から朝礼があるから。大学職員というのは、妙に時間に正確な人種なので、遅刻したら目立ってしまう。

ヒールがぴちゃぴちゃと水をはねて、ストッキングの脛が濡れていく。あーあ、またつまらない1日が始まる。

*

月初めの朝礼は、総務部・教務部・学事部合同でやるので、この会議室には、40人を超える人が集まっている。

毎度のことだが、芹沢理事長のお話は退屈だ。でも、それを態度に出す勇気はない。ここは初代理事長の一条徳丸氏が創設した私立大学。一条氏の娘婿にあたる現在の2代目理事長は、初代と血縁はないけれど創業一族なわけで、無駄ににらまれたりしたら、居場所がなくなってしまう。

ふわぁ〜。あくびが出かかったのをぐっと抑え込んでいたら、理事長が、入口の扉に向かって手招きをした。

ん？

彼の声をシャットアウトしていたので、話の流れがわからない。きょろきょろしていたら、人事課の長津田芳彦先輩が教えてくれた。

「新しい職員が今日から入るんだってさ。ちゃんと話を聞かなきゃ」

こういう嫌味な物言いが気になる芳彦先輩なのだけど、職場でいつも背中合わせに座っているということもあって、仲良くしておかなきゃ、と努力している。

「新しい人ですか？　こないだまで早期退職者、大募集してたのに」

総務課なんて、前は4人いたのが、先月また1人やめたため、今はなんと自分ひとりなのだ。無駄に忙しいのはそのせい。

でも、わたしだけではなくどの部署もそんな感じ。このまま縮小し続けて、いつかは廃校になるんじゃないか、という噂すら流れている。

ざわっ、と不意に室内がざわめいたので、扉のほうを注目した。

わ、美人……。

わたしの口は「わ」の形のまま固定された。

背は165センチ以上ありそう。ウエーブのかかった長い髪。すらりと伸びた脚はまっすぐで、高いヒールの黒いパンプスを履いている。一流モデルみたいだ。ただし服は地味で、シンプルな黒のワンピース。もっとラフな恰好でもこの職場は全然ＯＫなのに。

芹沢理事長が重々しく紹介した。あれ、顔が少しこわばって見えるのは、気のせいだろうか。

「一条リラさんです」

一条、という名前にまた小さなざわめきが起きる。それに気づいたらしく、理事長はうなずきながら答える。

「初代理事長・一条徳丸の孫です。まあわたしから見れば姪にあたるわけで。これまで海外で好き勝手やっていたのが、このたび日本に戻ってきて、ここでどうしても働きたいというものでね。しばらく皆さんにはご迷惑をかけるかもしれないが、よろしく頼みます」

自分は採用に決して賛成じゃなかったのだが、という苦々しい態度が露骨に出ている。でも当の一条リラ本人は、そんなことをまったく気にする素振りを見せず、さわやかに言った。

「アメリカに数年いましたので、日本のビジネスマナーがよくわからず、最初はご面倒をおかけするかもしれません」

「へっ、アメリカかぶれですか。葬式みたいな服装で、暗そうだしな」

芳彦先輩が、わたしにだけ聞こえるような小声で耳打ちしてきた。好みのタイプじゃないらしい。それに対する返事を考えていたら、前方で「小平真琴さん！」と名前を連呼されていることに気づいた。

うわ、呼んでるの、理事長だ。

「はい、すみません！」

「彼女を総務部総務課に配属するから、君がいろいろ面倒を見てやってくれ、と言ったんだ」

えっ、総務課に待望の人員補充？

「は、はい！」

一瞬喜んで、それから緊張した。わたしがあの美人を指導……そんなこと、できるのかしら。

掲示板に紙を貼る？　そんなつまらない仕事ならあたし、退職させていただきます。クールにぴしゃりと言われちゃいそうな予感。

＊

朝礼の後、リラさんはわたしの隣のデスクに荷物を置いて、すぐに出かけてしまった。

総務部長が構内を案内するらしい。

最初どんなことをしゃべろう……とドキドキした分、すっかり拍子抜けして、大きく伸びをしていたら、

「これ、びっくりするぜ」

背中越しに、芳彦先輩がささやいてきた。

「何がですか」

そう聞くわたしに、先輩が手渡してきたのは、なんと一条リラの履歴書だった。

人事課以外の人に見せるのは、個人情報の漏洩ってやつじゃありません？　そう指摘してきっぱり返却すべきなのだろうけれど、誘惑には勝てない。わたしは、ちらっと見るつもりが、実際には食い入るように見つめていた。

「わ……29歳。わたしより4つも年上。芳彦先輩と同い年ですよね」

「そんなことより、ここ」

先輩が指差したところを見て、思わず声を上げてしまった。

「え、アメリカの大学出てるんですかっ。で、就職先がハリウッドの会社って！」

現在29歳。ロサンゼルス大学で脚本を学び、ハリウッドの制作会社で、映画のストーリーアナリストとして働いていた、と履歴書には書かれていた。

「ストーリーアナリストって……何だよ？」

先輩に言われたけれど、映画をほとんど観ないわたしにはもちろんわからない。

「日本語にすると、ストーリーは物語で……アナリストは」

「分析家。物語分析家なんて職業、聞いたことないぞ」

ほんと、見当もつかない。

ただ、これだけはわかる。そんなすごいキャリアを活かせる仕事は、この大学には1

つもない。

＊

その日の午後、わたしはリラさんに初めての仕事を教えていた。現在は閉館となっている南館。月に二度の換気は、校務員ではなく総務課がなぜか担当させられている。

南館の突き当たりにある、旧理事長室の鍵を開けながら言った。

「こんなつまらない仕事でごめんなさい。総務課ってほんと雑用ばっかりで」

なぜ自分が平謝りしてるんだろう、と思うのだけれど、ついつい卑屈になってしまう。

でも、意外なことにリラさんはさらっと明るかった。

「全然いいの。今までまるで違う仕事をしていたから、何でも興味あるんだー」

「そ、そうですか」

扉を開けると、室内はむっとしていて、かび臭かった。急いで窓を開け放ち、空気を入れ替える。

物置部屋のようになってしまっているが、革張りのソファや金縁の飾り戸棚は昔のまま残されている。もっとも正確には、わたしは「昔」を知らない。初代理事長が体を壊して退任したのは、まだ自分が高校生だった頃の話だ。

「春は桜がきれいなんですよ。でも理事長が交代してから、南館は光熱費節減のために閉館されて。ちょっと残念ですよね」

そう言いながら振り向いて、びっくりした。リラさんが、涙ぐんでいる。

「アルフレード……帰ってきたよ」

アンニュイな表情で、そうつぶやく。

「ど……どうしたんですか」

「この部屋は、おじいちゃまの香りがするから」

涙の意味がわかって、わたしはあわてた。そうだった。前理事長はリラさんのおじいさまなのだから、感傷に浸るのも当然だ。それにしてもアルフレードって？

「おじいさまは、外国の方だったんですか」

「え？」

「だって、アルフレードって名前」

リラさんは、ハンカチを目にあてたままアハッと笑った。

「ううん。アルフレードっていうのは、『ニュー・シネマ・パラダイス』の映写技師の名前。ほら、トトと仲良しの。あの名画、観たことない？」

ない。映画の名前自体、初耳だった。で、なんでその話が唐突に出てくるんですか、と聞く間もなく、リラさんが続ける。

「映画が大好きなトトっていう男の子がね、アルフレードと親しくなって、映写室に出入りするようになるの。長い長い年月がたって、アルフレードが亡くなったとき、映画監督になっていたトトは、葬儀に出ようと思って村に戻ってきていろいろなことを思い出すの」

なるほど。そのアルフレードって人とおじいさまを重ね合わせているのか。ということは、おじいさまも既に亡くなっている、と。リラさんの着ている黒いワンピースが本当に、喪服に見えてきた。

「おじいさまは——理事長は何年前に、その、お亡くなりに？」

真っ赤な目をぱちくりさせて、リラさんは答えた。

「生きてるよ」

「えっ」

「入院しているけど、まだまだ元気」

「じゃあ、あの、なんで泣いてるんですか？」

「だって、映画のストーリーを思い出しちゃったんだもん。泣けるの！　トトには大好きな女性がいてね、アルフレードも見守ってくれていた。だけど、その人とはすれ違いがあって……。でもまたどんでん返しが」

「あのぅ……」

「映画の話すると、あたし、入り込んじゃうの。『ニュー・シネマ・パラダイス』のワンシーンに自分がいるような気がして」

そう言いながら、ぽろぽろ涙をこぼす。ティッシュを渡したら、ブーン!!　と遠慮なく洟をかむあたりは、すっかりアメリカナイズされている。気をそらさなきゃ、と思ったわたしは聞いてみた。

「リラさん、ストーリーアナリストって、どういうお仕事なんですか？」

名画みたいな恋？

「うん、ジャガイモのニョッキ、いける！」

パスタとピザとニョッキとリゾット。どう考えても頼みすぎでしょ、とわたしはあきれ返っていたのだが、リラさんはバクバクと片付けている。生まれつきなのか、胃がすっかりアメリカンサイズになっているのか……。

こんなに食べてもほっそりしているのだから、うらやましい。と、自分のぽっちゃりした二の腕をうらめしげに見つめていたら、リラさんは、わたしが会計を心配していると思ったらしい。

「あ、歓迎会って言っても、真琴ちゃんに全額払ってもらおうとは思ってないから、あたしが多めに払うからお会計は気にしないで」

ポテトとツナのピザをおいしそうに頬張りながら、彼女は微笑んだ。

そう、今日は一応歓迎会なのだった。昼間に、

「ストーリーアナリストって、どういうお仕事なんですか？」

と質問したとき、彼女は涙と鼻水が止まらなくてうまく説明できず、

「じゃ、夜に歓迎会を兼ねてご飯でも」

てことになったのだ。ちなみに芳彦先輩も誘ったのだけど、

「なんで俺が、歓迎しなきゃいけないわけ？」

あっさり断られた。

わたしは窓のほうを見ていた。夜のガラス窓は、鏡のように店内の客をくっきりと映し出す。

ほんと、わたしとリラさんって、哀しいほど対照的。

ガラスのなかの彼女は、髪が神話の女神さまみたいにゆるやかにうねっていて、目がぱっちりと大きくて、まつげがうんと長い（いや、そこまではガラスに映ってないんだけど、イメージで）。

それに対して自分は「凡庸」を絵に描いたような風貌だ。髪は、ロングもショートも似合わない気がして、仕方なくボブにしてごまかしている。洋服は基本、無難な茶系統。たいてい駅前通りの量販店「ハマナス」で買う。

それなのにリラさんは言う。

「真琴ちゃんって、フェミニンでうらやましい。茶色がよく似合ってる」

「フェ、フェミニンって……」

人生でそんなこと、一度も言われた例がない。焦ったわたしは、リラさんの服に話題を移した。

「うちはワンピースやスーツじゃなくても大丈夫ですよ」

「うん、明日からはそうする。でも今日は、唯一持ってるプラダのワンピース着て、メリル・ストリープな気分でバシッと気合いを入れたかったの」

「ストリ……ップ？」

「あれ？『プラダを着た悪魔』っていう映画知らない？」

ホラー映画ですか？ と聞きたかったが、やめておくことにした。

「リラさん、ほんと映画好きなんですね。あの、ストーリーアナリストって――」

「ああ、そうだった。その話をしなきゃね」

ポテトニョッキを頬張りながら、彼女は大きくうなずいた。

「映画の制作プロダクションってね、いっぱいシナリオが舞い込んでくるの。それをプロデューサーが全部読んでる暇はないから、代わりにストーリーアナリストが読んで、あらすじをまとめるの。で、『これはいいシナリオで映像化できそう』とか『その価値はない』とか分析して、成績表みたいなのをつけていくの」

「ふうん……難しそうな仕事」

「いや、そうでもないのよ。具体的な話をするとわかりやすいかも。あたしがストーリーアナリストになったばかりの頃、『これはすごい』って思うシナリオがあって、『エクセレント!!』って評価して、強力に推薦したの。それがこないだ日本で公開されて大ヒットした、えーと、邦題は忘れちゃったけど……」

題名を言われてもきっとわからないけれど、それがすごいことだというのはわかる。

「そんなに立派な仕事をしてたのに、なんで日本に帰ってきちゃったんですか？ それも、よりによってこんな田舎の大学……」

リラさんは、ふっと遠い目をして、それからニコッと笑った。

「帰って来た理由はとってもシンプル」

「それは――」

「失恋したの」

「えっ」

わたしはあわてふためいて、あわや水の入ったグラスを倒すところだった。地味で生真面目な人の多い職場にずっといるせいか、恋愛トークをする機会はまずない。聞くのも、話すのも。

こういうとき、踏み込んじゃっていいんだろうか。聞き流したほうが大人？　迷いつつ、さりげなく繰り返してみる。

「失恋、って……」

動揺しているわたしとは対照的に、リラさんはさばさばしていた。

「相手はアメリカ人」

「こっ、国際恋愛」

「ううん、国際片想い」

「はぁ……」

「新進の映画監督でね。あたしがいる制作会社がプロデュースする映画を作ってたの。

まだメジャーじゃなかったけれど、とても才能のある人。眼光が鋭くて、言うことがシャープで。でね、ある日、あたしはオリジナルの企画を見せたわけ。他人のシナリオを読んで分析してばかりじゃなくて、あたしもいつかは、プロデューサーとしてひとり立ちしたい。彼と映画を作りたい。そういう夢があったの。でも――」

話を区切って、リラさんは残っていたパスタをフォークに絡めた。わたしはじりじりと待つ。

「でも？」

「その監督に言われたの。君は才能がない、って。他人のものを分析する力はあっても、ゼロから新しいものを生み出す力はない。さっさとやめて日本に帰って、まったく違う仕事をしたほうがいいって」

「そんな……」

「それで、はいわかりました、っておとなしく日本に帰って来たというわけ」

どうしよう。こんな重い話を聞かされるとは思っていなかった。昼間、『ニュー・シネマ・パラダイス』のワンシーンを思い出しただけで涙ぐむほどのリラさんだ。気丈に振る舞っているけれど、そのうちまた泣き出してしまうかも。これ以上聞かないほうがいい。

リラさんもそう思ったらしく、話題を変えてきた。

「真琴ちゃんのほうはどうなの？　恋愛してる？」

エッ。その質問⁉　だからそのテの話は苦手だって……。

でも、リラさんがせっかく話題を変えたんだから、乗らなきゃ。失恋話を聞かされたからには、わたしも少し打ち解けないと、バランスが悪い。覚悟を決めた。

「実は、わたしも片想いで……」

リラさんの瞳(ひとみ)が、きらきらーんと光った。

「え！　どのくらい前から」

「好きになったのは何年も前の話で。もう会える可能性はなくて。だから気持ちが薄れて、想い出になるのを待ってるところですけど」

「大学関係者？」

「は……はい」

「わ、じゃあ職場恋愛だっ」

「違います！」

「ってことは、よその大学の人ね」

リラさんの追及は巧みで、うやむやにすることを許してはくれない。

「よその大学だったら――そうね、事務畑の人とはあんまり交流ないよね。そうだ、相手は教授か准教授でしょ」

リラさん、鋭すぎます……。もう吐くしかない。

「准教授。でもリラさん、相手はわたしのことも知らないんです」

「これから知るかもしれないでしょ」

「無理ですよ。だって、部屋の空気換えたり、掲示板から掲示板へ走り回ったりしてる事務の女の子が、世界でも注目される研究をしている他大の若き環境学の研究者と、接点があるはずないじゃないですか。芸能人のファンやってるのと、あんまり変わらないです」

言ってから、自分の言葉で落ち込んでしまう。ほんと、片想いというよりも妄想。

その准教授に出会ったのは、6年前の短大時代だ。大講堂で行われた短期特別講義。壇上に立つあの人は、涼やかな切れ長の目で、地球環境についてアツく訴えていて——。でも彼から見れば、わたしは女子短大生の大群の1人に過ぎなかった。もちろん、質問をして顔を覚えてもらう、なんて勇気もなく……。

「逆に、チャンスよ！」

「え？」

聞き違いかと思った。

「『ノッティングヒルの恋人』っていう恋愛映画、知ってる？」

「知らないです」

「旅行専門の本屋をやっている普通の男性と、世界的なスター女優が出会って、惹(ひ)かれあう話なの」

リラさんは、わたしの目を見て力強く説明する。

「2人はお互いの立場の差や環境の違いにすごく苦しむのよ。でも、そこがテーマなの。愛ってね、葛藤によって大きく育まれていくものなのよ」

「葛藤？」

「そう。ドラマは、葛藤のある人間が主人公っていうのが基本。2時間のストーリーを通して、いかに主人公が変わっていくかを描くのが映画なわけ。最初から順調で、とんとん拍子に進んじゃった恋は、倦怠期に入るのも早いよね。逆に、障壁があったりすれ違いがあったりすると、気持ちが盛り上がっていくの」

「はぁ……」

「黄桃学園大学の事務員と、他大学の准教授。ラッキーな障壁じゃない？　頑張ろうよ」

「頑張るって……何を？」

ぱかんと口を開けてしまった。

*

翌朝、出勤したわたしは、事務室の入口で立ち止まった。嫌な予感……。リラさんが、あたりの空気を掻き回す勢いで、手招きしている。

「調べたわよん」

「何を？」

「ほら、真琴ちゃんが昨日言ってた人。大浦英太准教授、でしょー」

「ど、どぉ――ッ」

わたしは思わず意味不明の叫び声を上げてしまった。どうしてバレてしまったんだ。

リラさんは澄ました顔で言う。

「だって昨日言ってたじゃない？　世界的に有名な環境学者。ネットで調べたら、県内にはそれに該当するの、1人しかいなかったもん。楽勝、楽勝」

わたしはよろよろと椅子に座り込んだ。こんなに動揺したのは、この職場に来て初めてかもしれない。

「大浦氏、ネットで画像も見つけたよー。知的でクールで、ニュースキャスターにもなれそう。なのにまだ36歳で准教授って、すごいよね」

「リラさん……」

「でね、あたし思いついたの。社会人向け講座を来年4月に立ち上げる企画を提出しようと思う」

「え、そんなのは総務課の仕事じゃな――」

「そこに講師として、大浦准教授にも来ていただく。そうしたら、真琴ちゃんと大浦先生は、一気に近づくでしょ？」

リラさんは、パソコンを指差した。作りかけの企画書のファイルがそこにあった。

この人……本気だ。

あなたを知りたい

リラさんが、総務部長に呼ばれて席を外した。そのすきに、わたしはこそっと芳彦先輩にささやいた。

「ランチ行きませんか？」

先輩とお昼を過ごしてもあまり心地よくはないのだが、ひとりで食べるのはさびしいので、よく一緒に行っている。だから芳彦先輩は「いつものこと」と思ったかもしれない。でも違う。今日は、どうしても相談したいことがあったのだ。リラさんがいないところで。

2人して、廊下に出ると、ぱたぱたと足音が追いかけてきた。

「芳彦さん。芳彦さんってば」

かわいい声が聞こえるので振り返ると、学生らしき子が、封筒を手に持っている。どこかで見たことがある。ああ、いつも夕方に図書館のカウンターで返却受付をやっている子だ。色白でぽっちゃりしていて、ちょうど膝丈（ひざたけ）の、フリルのついたピンク色のワンピースを着ている。メルヘンチックなのだが、ふしぎにこの子には似合っていた。

しかし芳彦先輩はまったく振り返ろうとしない。聞こえてないのかと思って、

「先輩、呼んでますよ」

そう言ってみたら、確信犯だということが判明した。

「相手にすんな」

それは、学生にも聞こえてしまったらしく、彼女は、

「そんな――っ」

とかわいらしく小首をかしげながら、わたしに封筒を手渡した。

「すみません。後で、機嫌が直った頃に渡してもらえますかぁ？」

「いいですよ」

受け取ると、彼女は90度の最敬礼をぴょこっとして、うれしそうに立ち去っていった。

「なんで受け取るかなー」

先輩が不愉快そうにため息をついている。ハートマークのいっぱいついた封筒の裏側には、森川清華（せいか）、と丸文字で書かれていた。

職員食堂は、それなりにざわざわしていたけれど、空席がなくなるほど混雑することはない。スパゲティカルボナーラとミニサラダをトレイに載せて、わたしは窓際の席を陣取った。

さっきの女の子について、話したい。この封筒、先輩が受け取り拒否するなら、どう処分すればいいのかも聞きたい。

でも……今は後回しだ。

今日の用件は、大浦准教授のこと。暴走し始めてるリラさんを、どうしたらいいのか

わからなくて、わたしは途方に暮れている。

「大浦先生っていうのは、短大時代に特別講義を受けて、いいな、と思った先生で。あ、いえ、見た目がいいとかじゃなくて、教え方とか講義の内容が」

冷や汗が出てくる。真剣に片想いしてきた、なんて恥ずかしくて言えっこない。

「その大浦准教授のことをリラさんに話したら、うちの大学で社会人講座をやって招聘したらまた会えるじゃない？　って言い出して。ムチャな企画ですよね。そもそも総務課の仕事じゃないです、って言っても聞いてくれないし。どうしたらいいんでしょう？　わたしは別に大浦先生ともう一度会いたいと思ってるわけでもなくて、リラさんが大げさに」

最後のほうは、言いながら胸が痛む。体裁を取り繕いたいがために、リラさんをおせっかいおばさんのように扱ってしまった。でも、そうまでしても、止めたかったのだ。リラさんの暴走。総務課として顰蹙を買うのも嫌だし、何よりも「はい、大浦先生を連れてきたわよ！　さあどう煮る？　どう焼く？」なんてあっけらかんと言われたら……想像するだけで怖ろしい。

「うーん」

芳彦先輩が、ハンバーグ定食を食べる手を止めて唸ったので、わたしはハッとした。

そうだ、覚悟しておかねば。この毒舌な先輩に、大浦准教授のことを話してしまったからには、からかわれる可能性大だ。でも、ムッとしちゃいけない。そのリスクを承知で、相談に乗ってもらおうって決めたんだから。

しかし意外なことに、

「別に放っておいたら、いいんじゃないか？」

芳彦先輩の答えはあっさり、というよりも無関心に近かった。

「どうしてですか」

食い下がると、先輩は面倒くさそうに言う。

「要はあれだろ？　他人の恋愛話に首を突っ込みたいタイプなんだろ。アメリカ帰りでも、中身は井戸端会議好きの日本のオバチャンってことだよなー」

うわー、怒濤の攻撃。あんな美人を、どうしてこんなに嫌いなんだろう。

「いや、善意でやってくれてるんだと思いますよ。見た目と違って、ツンケンしてなくて、いい人だし」

男性のわりに、芳彦先輩はわたし以上に食べるのが遅い。のろのろとハンバーグを切り分けながら言う。

「ほんとに善意でやってるのか？　だったら、俺のトラブルも解決してもらいたいもんだよ」

「え、トラブルって何ですか？」

「つきまとわれてんだよ」

「えっ？」

「さっきのあいつ」

「ああ……」

ピンクのフリルを思い出した。いい子そうに見えたんだけどなぁ。

でも先輩は思い出すのもイヤ、といった様子で首を振りながら、

「あのデブ、ここの学生なんだよ。1年生」

デブはないでしょデブは、と思いながらも、とりあえず話を先に進めた。

「見初められちゃったきっかけは」

「俺が面接したの。図書館のバイト採用は、俺の担当だから。そしたら、どこを気に入ったのか、やたらつきまとってくるわけよ」

「でも、悪い子に見えなかったですけど。ちゃんと話せばわかってくれるんじゃないですか？」

「話したっつーの。でも妄想癖があるのか、俺の言うことをまともに受け取ってくれないわけよ。『君には興味がない』って言っても『恥ずかしがりやさんなんだから♪』みたいな」

「ああ……」

若干耳が痛い。わたしも妄想世界に生きている1人だから。

「さっきのピンクの封筒。もう家に、紙袋2つ分くらいあるよ」

「ちゃんと保存してるんじゃないですかっ」

「ストーカー被害で訴えるなら、証拠を集めとけ、っていうだろ？」

先輩が本気で困っているのだ、というのがようやくわたしにもわかってきた。

「そのうち家にまで来られるんじゃないかと、不安でさ」

「それは、なんとかしないといけないわね」

頭の上からそんな声が聞こえてきて、わたしたちはびっくりして顔を上げた。両手にそれぞれトレイを持ったリラさんが立っている。

「重い……」

唸っているので、あわてて左手のトレイを受け取った。唐揚げ定食に、フライドポテト。じゃあ、もう1つのトレイには何が？　と思ったら、ポテトサラダと芋の煮っ転がしだった。どんだけ食べるんだ……。

芳彦先輩も、さすがに目が点になっている。

「あなたは、その清華ちゃんって子を、そのうち好きになるかもしれない可能性はゼロなわけよね？」

リラさんに聞かれて、先輩の目はやっと「点」からいつものサイズに戻った。

「当然だよ。はっきり言って、気味が悪い」

「でも、職員が学生にあまりひどいことも言えないものね。といって、やんわり断って、わかってくれるような相手じゃない」

「そう……って、あんたにゃ関係ないんだよ」

すっかりペースを乱された芳彦先輩は、眉をつりあげている。食べ終わっていればさっさと席を立てるのに、のろいものだから、まだ皿にはハンバーグが半分残っていた。

「あんた、人の恋愛にちょっかい出すの好きなんだって？　どうしても首突っ込みたいって言うなら、この状況、なんとかしてくれよ」

投げやりな感じで先輩が言う。思わずその頭をはたきたくなった。それではまるで、わたしが「自分の恋愛にちょっかいを出された」と告げ口していたみたいじゃないか。いや、まあ、事実そうなんだけど……。

ムッとするかと思いきや、リラさんはうなずいた。

「わかった。なんとかする」

「え？」

「そう、あたし、人の恋愛にちょっかい出すの、大好きなの」

「開き直りかよ」

「だって、人生のドラマの50パーセントくらいは恋愛じゃないかな？　特にこの年頃だと」

「どうでもいいけど、どうやって解決してくれんの」

わたしは口を挟むチャンスもなくて、2人の会話をどぎまぎして聞いてる状態だった。

リラさんは、芋の煮っ転がしと唐揚げを交互に猛然と食べながら、てきぱきしゃべった。このくらいのスピード感がないと、ハリウッドではきっとやっていけないのだろう。

「じゃあ、あなたの家を見せてもらえるかしら？」

「はっ？」

放置された生ゴミの臭いをかいだときみたいに、芳彦先輩は顔をしかめている。無理もない。だって……やっぱりリラさん、唐突だよ。わたしにも意味がわかりません。

しかし、動じるリラさんではない。

「あなたのバックストーリーを知りたいの」

「バックストーリー？」

眉間に皺を寄せたまま、先輩は聞き返した。

「『七人の侍』って映画知ってる？」

どこかで聞いたことあるなぁ、と思っていたら、先輩のほうは知っていたようだ。

「黒澤明」

「そう。黒澤監督はね、あの7人について、それぞれノート1冊分のプロフィールを作っていたらしいの。映画に出ない部分のほうが多いけど、そこまで作りこんでいるから、重厚なキャラクターになったのよね」

それと、今の話とどうつながるんだろう……。

「大学で働いているあなたは、あなたのなかのほんの一部しか見せていない。家を見れば、あなたのルーツとか性格だとか、いろいろわかるでしょ。あなたのバックストーリーを知りたい。そうすればあなたをもっとわかることができると思うの」

「それと、森川清華を撃退するのと、どう関係があるわけ」

先輩も、わたしと同じ疑問を持っていたようだ。リラさんは、我々をにっこり見ながら、フライドポテトをぱくっと食べた。

「あなたの背景を知れば、清華ちゃんにあきらめてもらえるような、ストーリーを作り出すことができるはずなのよ。じゃあ、今晩さっそくお邪魔できる？　そうだ、真琴ちゃんも一緒にね」

先輩は、もうハンバーグを食べることはあきらめてしまったようだ。

「今年は女難の相でも出てるのかなぁ、俺」

弱々しくつぶやく声が聞こえた。

あたたかい嘘

藍色の夜空に、月がぽやんと浮かんでやわらかい光を地上に注いでいる。

「すごい門。本当に、お屋敷って感じだね」

遠慮を知らないリラさんが、先頭切って門を入っていく。なぜか、長さ50センチの直定規を手に持っている。事務室から持ち出したらしい。

「リラさん、それ、どうしたんですか」

そう聞いたら、彼女は定規をトゥ！　と振り下ろしながら答えた。

「昼餉のとき、『七人の侍』の話をしたせいかのう。今とっても侍な気分なのじゃ」

芳彦先輩はといえば、

「頼むから大きな声、出さないでくれよ」

と気を揉んでいる。

「家族が気づいて、母屋から出てきた日には、もう大騒ぎだよ。免疫がないから。女の子を2人も連れてきたわよー、どっちと結婚するの!!　って母親もばあちゃんもな」

何言ってるの。あんた、門限の厳しい深窓の令嬢ですか。と、突っ込みたいところだけれど、門から庭へと続く石畳を歩いていると、わたしもなんとなく納得してしまう。この人、実は本物のお坊ちゃまだったんだ……。

月光と、庭の灯籠のぼんやりとした明かりを頼りに、石畳を歩いていくと大きな土蔵がある。その向こうが庭園だ。池のほうからチャポンと音が聞こえる。鯉が跳ねたらしい。

「この屋敷の広さ、いかばかりじゃ？」

リラさんの質問に、先輩はこともなげに言った。

「1100坪。それ以外に、山がいくつかあるし。昔から、地主だったんだ」

以前、もう退職してしまった同僚から、聞いたことがある。芳彦先輩は、英語がペラペラでワッフルだかトライフルだかという試験でほとんど満点をとって、アメリカ留学が決まっていた。なのに、祖父の強硬な反対であきらめざるを得なかった、と。

そのときお祖父さんは言ったらしい。

「長津田家の跡継ぎが、毛唐の国に住むのは決して許さん」

それを聞いたときは、はっきり言って同情できなかった。だって、女子ならともかく男の子だったら、反対を押しきって、一文無しになってでも行くべきなんじゃないの？でも、このお屋敷を見ていると思う。格式ある家には、きっと一般人からは計り知れない重い歴史やしきたりがあるのだろう、と。

「これは？」

掘っ立て小屋を指して、リラさんが聞く。月明かりを浴びて、髪の毛がつやつや美しく光っている。月へ帰っていくかぐや姫って、こういう感じなんじゃないだろうか。定規さえ持っていなければ。

しかし、芳彦先輩は相変わらず素っ気ない。

「井戸だよ。もう使ってないから、こうやってまわりに小屋建てて、誰かがうっかり落ちないように」

「深い？」

「幽霊伝説があるくらいだからな。学長の古田先生を知ってるか？　あの人の専門は民俗学なんだ。だから、この家にも興味があるみたいで、しょっちゅう出入りしているよ。いい資料があるんだってさ」

「へえ」

「まあ、そういうわけで、あんたは今の理事長の姪だかなんだか知らないけど、俺は学長と親しいわけ」

こういう器の小さい発言をしなければ、先輩はもっとモテるだろうに。とわたしは思う。で、リラさんはといえば、まるで聞いていなかったらしく、鼻歌まじりにふわふわ歩いている。

「ちょっとそこで待ってて。俺、重いバッグ持ってるのがアホらしいから、置いてくるわ」

そう言って、芳彦先輩は小屋の脇にある離れに上がってしまった。わたしはおとなしく佇(たたず)んでいたのだけれど、彼女がじっとしているはずもなく、

「あ、リラさんてば」

気がついたときには、靴を脱いで、廊下をすたすた歩いていってしまった。しかたなく追いかけた。

「ほう、畳の部屋とは風流じゃ」

「外で待ってて、って言ったろ！」

ふたりが揉めている声が、廊下の奥の部屋から聞こえてくる。もしかして先輩、リラさんが家に来るくらいだったら、森川清華のほうがましだった、なんて思ってるかしら。

ふらっと廊下に出てきたリラさんが、ふと立ち止まった。

「あのハシゴは何じゃ？」

あわてて、芳彦先輩が部屋から飛び出してくる。

「もうこれだけは、絶対ダメ。のぼったら警察呼ぶ！」

「わかったー」

リラさんに、素直に言われて、先輩は自分ひとりが興奮していることに気づいたらしくモゴモゴ後を続けた。

「上には、絵巻物やら何やら、いろいろあるんだよ。でも、この建物は築１００年超えてるから、あのハシゴも2階の部屋の床板も、大人の体重じゃ無理。40キロ以下ならなんとか耐えられる、ってんで、あそこにどうしても上る用事があるときは、小学生の甥（おい）や姪が動員されてるよ」

「建て替えないんですか」

わたしが聞くと、先輩は重々しく答えた。

「重要文化財級とも言われてるからな。簡単にぶっつぶすわけにはいかないんだよ」

由緒あるおうちって大変だなぁ。さすがに先輩のことが少し気の毒になってきて、わたしは子守役（？）を引き受けた。

「リラさん、出ましょう」

ようやく彼女に靴を履かせ、また庭園に出たときだった。

「きゃー、芳彦ちゃんが女の子を連れてきてるわよー！」

母屋から、うれしげな叫び声が聞こえた。

「くそ、おふくろに気づかれた……」

先輩がわたしたちの背中を押すようにして逃げ出そうとしたときはもう遅くて、

「こんばんはー！」

リラさんが、定規をすばやく背中に隠し、にこやかに手を振り返していた。

＊

次の出勤は、土日を挟んで月曜日だった。バスを降りたわたしは、ちょうど通用門のところで、駐車場から来た芳彦先輩と一緒になった。

「週末はお邪魔しました～」

おそるおそる言ってみると、先輩はブスッとした顔で、

「こちらこそどうも」

と答えた。多くを語らない分、不機嫌さがダイレクトに伝わってくる。

そりゃそうだよね。親しくもない職場の女性がいきなり2人もやってきて、ご家族の団欒（だんらん）に交じってお酒なんか和やかに飲んじゃったら……俺はいったい何やってんだ？って気持ちになるよねぇ。

せめて、リラさんが森川清華を撃退する方法を見つけてくれていたらいいけど、あの人の思考回路はさっぱりわからないし。

「げ」

突如として、先輩が立ち止まったので、わたしはその背中にぶつかりそうになった。

「どうしました？」

背中越しにのぞいた瞬間、何が起きたのか理解できた。

扉の前に、森川清華がうつむいて立っている。今日はラベンダーのフレアースカート。サンダルには、もともとそういうデザインなのか自分で付け足したのか、イヤというほどビーズがくっついている。

「どうすればいいんだよ……。今まで構内を歩いてて手紙を渡されたりしたことはあるけど、事務室まで押しかけてこられたのは初めてだよ」

先輩が途方に暮れるのもわかる。あそこに張り付いている限り、避けては通れない。

通れないからといって、いつまでも出勤しなかったら、大学構内にいるのに欠勤扱いになる。気の毒だ……。

「強行突破する」

ギクシャクした歩みから、無理しているのが伝わってくる。

清華はもちろんすぐに気がついた。

「芳彦さんっ！」

スカートの裾をひるがえしながら、駆け寄ってくる。わたしは、自分自身までもが追いかけ回されているような錯覚を覚えて、先輩と共に立ち尽くしてしまった。

ほんの数歩の距離で、清華ははぁはぁと息を乱している。もともと興奮状態にあったらしい。刃物……なんて持ってないよね？

「芳彦さん、これが最後だから」

清華が言う。芳彦先輩がぴくっと反応した。

「最後？」

「今までごめんなさいっ」

彼女が、最敬礼の角度で頭を下げる。反動でひゅーんとスカートの裾がめくれた。

「わたし、知らなかったんです。芳彦さんの本当の気持ち」

「俺の……本当の気持ち⁉」

「いくらわたしをかわいいと思ってくださってても、家の事情がそんなじゃ、どうしようもないですよね。板挟みになってくれてるのが申し訳なくて」

「あの……」

「だから、身を引きます！　もう芳彦さんを苦しめません。早く気づかなくて、本当にすみませんでした」

芝居がかったセリフと共に、彼女の左目から、つうっと涙がひとすじ、頰を伝って流れた。いったい、何の話？　家の事情って。板挟みって。

「最後にどうか、一度だけ握手を」

清華が差し出してきた右手を、芳彦先輩は、勢いに押されて握っている。

「さよなら」

彼女が走り去って行く。わたしと先輩は顔を見合わせて、同じことを言ってしまった。

「いったい何が起きたの？」

＊

リラさんは既に出勤していて、わたしと芳彦先輩が交互に追及しても、淡々としている。

「細かいストーリーは、知らなくてもいいんじゃないかな。とにかく丸く収まったんだから。清華ちゃんはもう二度と、芳彦くんを困らせることはないわよ」

ニコッと彼女は笑うけど、もちろん「はいどうも」と簡単には引き下がれない。始業時間が近づいているのに、2人してリラさんを挟むように立っていた。それに気がついた彼女が、顔を上げた。

「『ライフ・イズ・ビューティフル』っていう映画、知ってる?」

もちろんわたしは知らない……。

「俺は知ってる。観てないけど、第2次大戦のナチスドイツの収容所の話だろ。主人公がユダヤ系の親子で、そこに入れられてしまう」

リラさんはニコッとうなずいた。

「そうそう。収容所に着いてから、お父さんは子供を怖がらせないように、嘘をつくの。これはゲームなんだ、とね。子供ががっかりしておびえてあきらめてしまわないように」

「ふぅん」

「そういう、人を想う嘘って、すてきだと思うのよね」

話がどう進むのか、わたしには見当もつかない。

「でね、あたしは、恋愛でもそうだと思うの。たとえば相手の気持ちに応えてあげられないとき、思いやりの嘘をつく、っていうのはありだと思う。敏感な人は、そのことに気づいちゃうだろうけど、たいていの人は、冷たい真実よりもあたたかい嘘のほうが好きなんじゃないかな」

「ってことは、森川清華に、何か嘘を……?」

リラさんは、右手のパーと左手のグーをぱちんと合わせて、いい音を立てた。

「そうッ！」

「どんな……」

「だから知らなくてもいいんじゃないかな、別に」

るるる、と鼻歌まじりに、リラさんは仕事を始めた。

そうだった……。わたしはようやく思い出した。リラさんは、ハリウッド帰りのストーリーアナリストだということ。この人は森川清華にいったいどんな魔法を——!?

失恋は女優気分で

秋分の日を過ぎると、総務部総務課の業務は急に忙しくなる。学生たちがどっと登校してきて、あれやこれや用事を作ってくれるのだ。昼前にも、

「あたしの傘はどこに行ったんでしょうか」

という2年生がやってきた。

「どんな傘かしら」

まるでカウンセラーのように、わたしはていねいにヒアリングする。ノートパソコンが壊れただの、掲示板のガラスケースのなかにコオロギが入っていましただの、他部署では対応できない(もしくは、する価値のない)案件が、全部うちにやってくる。

もっとも、大半の学生はリラさんのいるときを狙って現れる。総務課に新しい美女が入った、というウワサは瞬く間に、キャンパス中に広まったみたいだ。

わたしとしては、97パーセント=ラッキー、3パーセント=軽くセツナイ、ってところだろうか。

とにかくそんな状態なので、交替で必ずどちらか1人は事務室にいなくてはならない。2人で仲良くランチに行く、なんていうのはムリで、今も食堂でひとり寂しく食べてきたところだった。

デザートでも買って、事務室で食べようかナァ。購買部に足を向けようとして、ベンチに座っている女子に目をひかれた。

森川清華だ！　芳彦先輩にまとわりついていたのに、突然「身を引きます」宣言をして、そのとおり彼の前には現れなくなった。あまりの急激な変化に、先輩はホッとしたのを通り越して、むしろ物足りない顔をしているくらい。

で、わたしたち2人のなかには、ずっと疑問が渦巻いていたのだった。

なんで、そんな急にあきらめられたの？　リラさんにいったい何を言われたわけ？？

機嫌よさそうにシャーベットを食べている彼女に、じりじりとにじりよった。何気なさを装って、言ってみた。

「あ、こないだの……森川さん、だっけ」

清華はパッと顔を上げて、かわいらしいえくぼを作った。

「ああっ、芳彦さんと同じ職場にいらっしゃる、ええとお名前――」

いまどききちんと敬語が使える学生はめずらしい。

「小平です」

いきなり探りを入れるのもナンだから、彼女が持っているものについて、話を振ってみる。

「そのシャーベット、見慣れないけど、何味？」

「カシスです。これ、本日発売なんですよー」

「おいしそうだね」

そう言うと、彼女はちょっぴり顔を曇らせた。

「酸っぱいんです。わたし、イヤになるくらいアマアマなのが好きで。えへ。あ、でも失恋のせいでやけ食いとかじゃないですよん」

自分から失恋話を持ち出してくれたので、話を続けやすくなった。彼女の隣にすっと腰を下ろしてみた。わざとらしかったかな……。

「もうすっかり、元気？」

「ハイ！　リラさんのおかげで。リラさんって、ほんとステキな方ですよねー。わたし、今まで女の人を好きになったことないけど、もうファンと言ってもいいかもしれないですもん」

「え、リラさんのファン？　い、いったい、何を言われたの？」

直球ど真ん中な質問を投げかけてしまった。

「リラさん、芳彦さんのおうちの事情を教えてくれたんです」

「事情……？」

「芳彦さんのおうちのお嫁さんになる人には、条件があるんですって」

「どんな？」

「体重がね、40キロ以下じゃなきゃいけない、って」

え？　40キロっていうと……。

「掛け軸とか大事な器とかを置いてある屋根裏部屋に行くのに、体重が軽くないといけないんですって。もし『50キロ以下』だったら、わたしも思い切り努力してダイエットするんですけど、40ってたいていの女子がムリですよねぇ」

「そ、そうよねえ」

「そんな条件のなかで女性を選ばなきゃいけない芳彦さんって、気の毒だな、って思って。そのつらさを思えば、わたしの失恋なんてほんとたいしたことないし」

「う、うん……」

この子は、よほど単純な子なのだろうか。ちょっと考えれば荒唐無稽だと気づいてもよさそうなものなのに。わたしだったら、だまされない。

「わたしが、だまされてるんだ、って思いました？」

心のなかを読まれて、ギョッとして顔を上げてしまった。清華ちゃんがニコニコしている。

「え、うーんと。だ、だまされてるなんて思わないけど、なんていうかめずらしい話だなあ、ってびっくりしちゃって」

今日は口ごもりまくりだ。清華ちゃんは、溶けかけたシャーベットを猛スピードで頬張ってから、話を続けた。

「『フォレスト・ガンプ～一期一会～』っていう映画、知ってます？」

「名前は……聞いたことあるような」

「IQが人より低めな男の人が、主人公なんです。彼はとってもピュアな人。まわりの裏切りとか好奇の視線とか、そういうのは見えなくて、自分の信じたものを真実だと思って生きていくんです。リラさんオススメの映画」

「ふうん」

「でね、リラさんが言うには、わたしたちも同じだよ、って」

「え？」

「自分に見えたものを信じる。自分が信じたいものを信じる。それでいいじゃないか、って。失恋したときは、物語のなかの登場人物になって、自分に心地いいストーリーのなかで、女優気分で思いっきり泣けばいいじゃない？　って。40キロ以下の人じゃなきゃダメ、っていう話は、世界でたった1人、わたしのためだけに、リラさんが作ってくれた物語なんです。そんなことしてくれる人がいる、ってだけで、わたしは幸せものでしょ？」

そうか。そう言われてみれば、ハリウッドでたくさんのお客さんの観る映画に関わっていたリラさんが、ただひとり清華ちゃんをなぐさめるためだけに、お話を思いついたって、すごいことなのかもしれない。

「清華ちゃんは、そのフォレストなんとか、って映画観たことあるの？」

「あ、もちろんですー。『きらっと』TVの映画見放題リストに『フォレスト・ガンプ』も入ってたので」

映画を観ている人同士って、観ていない人にはわからない共通言語があるのかも。わたしは、ちょっぴり取り残された気分になった。

＊

数日後、理事長室に呼ばれた。いかめしい部屋。本棚には経営学の本がずらりと並んでいて、棚の上にはトロフィーがこれまたずらりと並んでいる。ゴルフのコンペで勝ったときのものみたいだ。

「どうだね、小平さん。その後」

その後、と言われましても、どの後なんだかわからない。そもそもこんなふうに一対一で理事長と話をしたことなんてないから、妙に緊張していた。

「えーと……」

「姪のことだよ」

「姪……リラさんですか。意外なほど早く慣れてくれて、順調にお仕事してらっしゃいますけど」

「君に頼みがある」

「は？」

「あの子を、見張っていてくれないか。組織の役割分担もわからず、勝手なことをやっているみたいだから」

そう言って、理事長がガラスのテーブルにぽんと放り投げたのは、例の企画書だった。来年4月からの社会人向け講座立ち上げ案。

「こんなのは教務部の仕事だ。姪が勝手なことをするせいで、教務部がうっかりその気になったら困る」

　まったくおっしゃるとおりですよね。わたしもリラさんの暴走が心配だったんです。本当はそう言いたい気持ちだった。でも、理事長にこうやって頭ごなしに決めつけられると、リラさんをかばいたくなる。

「大学にとってプラスになる提案なら、どこの部署の誰が発案してもかまわないんじゃないでしょうか」

　ムム、と気を悪くした様子で、理事長がメガネのフレームを指で押さえたので、わたしはあわてた。

　今までこの学校で誰かに逆らったことなんてないのに。仕事にポリシーとかやりがいとか持ったこともないのに。どうして、よりによって理事長に逆らっちゃったんだろう。

「君はわかっていない。今、大学側は、こんな悠長な企画をやるような予算はないんだ」

「は……」

「まったく初代理事長が、小さい頃からあの子を甘やかしてきたものだから、すっかり自由人になってしまって、本当に困る。君、姪が何かやらかしたら、すぐにわたしに伝えたまえ」

「はい……」

その迫力の口調に怯(おび)え、わたしは後ずさりして、ドアノブをつかみ、会釈もそこそこに部屋から逃げ出した。

*

さんざん悩んだ末、わたしはリラさんに話すことにした。いや、監視しろと言われた、なんてさすがに伝えられない。ただ、社会人講座の企画が論外だった、ということだけ。

就業時間を過ぎた事務室は、一気に人気(ひとけ)がなくなる。長い残業をしてまで、今日中にやっておかねばならない仕事は、このオフィスにはない。

「ふうん……却下ね」

リラさんは、自分の髪先の枝毛をハサミでぷちぷち切りながら、静かに言った。

「残念ですけど、やっぱり無理ですよね。新しい企画ってなかなか――」

フォローするように言ったら、リラさんはパッとわたしのほうに向き直った。それで初めて気がついた。

リラさん、怒ってる。

その瞳(ひとみ)はいつものやわらかさが消えて、ガラスみたいな冷たさをもっていて、長いこと見つめられたら身体ごと凍りつきそうだ。

「あたしが信頼できる筋から入手したとある情報の、裏をとった、って感じ」

「ど……どういうことですか」

リラさんは声をひそめた。

「内緒ね。理事長は、今年度の入試を最後に、４年後、廃校にしようとしているらしいのよ」

「えっ！」

廃校になるかもしれない、というウワサは前からあった。でも、具体的なスケジュールを聞くのは初めてだった。そうか、ついにこの学校もなくなるのか……。

「闘おう」

リラさんにぐっと手をつかまれた。

「闘う……？」

「そう。明日の夜、歓迎会やってもらったイタリアンに芳彦くんも連れてきて。対策を練ろう」

芳彦先輩、来るかなぁ、なんて否定的なことを言える雰囲気ではなかった。わたしは、こくんとうなずく。

「廃校なんて、あたし、ゼッタイに認めない。Ｎｅｖｅｒ！」

リラさんの目が、ますます氷のように冷たく光った。

　このピザ、アンチョビが利いていておいしい。などと、満喫している場合ではない。ざわざわしているイタリアンレストランの店内で、この一角だけ空気が張りつめていた。

「理事長はなんらかの理由で、この大学を廃校にしたいのよ」

　リラさんが熱弁をふるう。わたしは芳彦先輩と顔を見合わせた。

「わざわざ自分から廃校にしたがる理事長なんて、いるかな」

　先輩がそう聞いた。でも、いつものイヤミ口調ではなくて、マジメな言い方だ。そういえば芳彦先輩は、森川清華の一件が解決してからというもの、リラさんの揚げ足を取ることがなくなった。なかなか口に出せないけれど、内心感謝しているのかもしれない。

「だから、何か理由があるはずなわけ」

「それを、探るってことですか」

　わたしが聞くと、リラさんは首を振った。

「でも、それより先にやらなきゃいけないことがある」

「何ですか」

　リラさんは、片手をすぅっと高く上げた。自由の女神みたい。

「廃校を、阻止する」

そんな……。そりゃ、新しい就職口を見つけるのは大変だし、大学が存続してくれるに越したことはない。でも、偉い人たちが決めることを、総務課の自分たちが引っくり返せるはずなんてない、と思う。

先輩も同意見らしく、問いかける。

「どうやって」

「花火を打ち上げるのよ」

「花火……」

「あと1ヶ月後、大きなイベントがあるわよね」

「文化祭のことですか？」

「そう」

「うちの大学の文化祭は、オソロシイほど盛り上がらないですよ。一応、文化人呼んで講演会くらいはやるみたいですけど。駅前にある幼稚園のバザーのほうが盛況じゃないか、っていうくらい」

水を差すわたしを、リラさんはキロリとにらんだ。コワイ……。

「講演会だけじゃなくて、野外ステージでアレ、やるんでしょ？　文化祭実行委員の子に聞いたもの」

「アレ？」

「ミス・キャンパス選手権よ」

ああ……。わたしと芳彦先輩は顔を見合わせて、軽く苦笑してしまった。ここ数年、応募者も減って、去年はステージに登場した候補が5名。それを見守る観客が15名、てな感じだった。

たしかに「ミス黄桃学園大学」になったからって、別にメリットは何もない。地元企業の就職活動のときに、面接のおじさんにちょびっと喜ばれるくらいではないだろうか。いや、それにしてもだ。廃校を阻止する手段が、ミス・キャンパス選手権ってどういうこと？

わたしたちの疑問にリラさんが答える。

「いつの時代も、スターを目指す子、っていうのは絵になるのよ。若い女の子が、一生懸命努力する。その努力の過程を、みんなも逐一知るの。そして文化祭当日の晴れ舞台。その結果は……本人じゃなくたってドキドキする。盛り上がる」

盛り上がるのかなぁ。

「で、誰が応募するんです？」

「この子」

そう言って、リラさんは立ち上がった。カツカツとヒールを鳴らしながら、店の外へ出て行く。

「どの子？」

芳彦先輩と顔を見合わせた瞬間だった。自動ドアが再び開いて、リラさんの後ろからもう1人ついてくるのが見えた。

「わ……」

芳彦先輩が、椅子をずずっと数センチ引いた。ほっそりしたリラさんの真後ろにいても、左右に身体がふっくらはみだしているから、その存在がよくわかる。

森川清華だ。

「こんにちは～。わー、おいしそうなピザ」

清華ちゃんが、芳彦先輩よりもピザに注目したことに気づいて、先輩はホッとしたみたいだ。数センチ引いた椅子を、そっと元に戻した。

「彼女にミス・キャンパス、挑戦してもらうんですか？」

わたしが聞くと、リラさんは力強くうなずいた。

「そう！」

改めて清華ちゃんをまじまじと見てしまう。服装はかわいい。過剰なくらいに。胸のあたりにフリルのついた半袖（はんそで）のブラウスに、パールピンクのフレアースカート。ビーズで作ったピンク色のネックレスをぐるぐると首に巻いている。

しかし――。

ミスコンからは縁遠い体形だ。アマアマなアイスクリームが大好きなせいかどうか知らないが、相当ぽっちゃりしている。

わたしの視線の意味に気づいてしまったみたいで、清華ちゃんは「えへっ」とかわいらしく笑った。

「ダイエットしますからっ。1ヶ月で猛烈に。踊ったことないけど、特技はダンスってことにします。ステージでピラティスとか披露しちゃおうかなぁ、ってわたし、ピラティスが何だか知らないんですけど。えへへ。とにかく、リラさんの言うことならわたしなんでもやろうと思うんで、小平さんも芳彦さんも、応援してくださいね！」

名前を呼ばれて、芳彦先輩はギクッ、と顔を上げた。でもイヤミを言うパワーはないらしく、弱々しくうなずいている。だから、かわりにわたしが言ってみた。

「1ヶ月でダイエットなんて、身体に無理があるんじゃないかなぁ」

リラさんは、清華ちゃんを席につかせた。すかさず彼女はピザをぱくぱく食べ始める。

それを見ながら、リラさんは言った。

「『プラダを着た悪魔』って映画、観て……ないんだよね、そういえば」

「はい……」

「冴えなくて、ファッションセンスもゼロの女の子が主人公。ある日、彼女は、一流ファッション誌の編集アシスタントになるの。凄腕の女性編集長にめちゃくちゃ言われてね。でも、どんどん成長して、見た目も大きく変わるのよ」

「オレは観てないや」

「女の子向きの映画だからね。女子の変身願望を満たす作品」

そしてリラさんは、早くも2つめのピースを手にしている清華ちゃんの肩に手を置いた。

「たいていの女子は現状に満足していない。成長したいのよ。それは小さな勇気と努力で可能になる。そのことを、清華ちゃんが実証するの」

清華ちゃんが、ピザを口へ運ぶ手を止めて、ニッと笑った。

「思う存分食べるのは、今日が最後です」

「そうだね……」

うなずきつつも、よくわからなかった。清華ちゃんがほんとにきれいに変身するという仮説には、一応納得したとしよう。でも、それが廃校阻止にどうつながるんだろうか……。

＊

いつになく芳彦先輩は親切だった。イタリアンレストランを出た後、駐車場にとめてあった車で3人を送ってくれると言い出したのだ。

リラさんと清華ちゃんは、最寄りの駅まで。そしてわたしは、駅から2キロ離れた自宅まで。

「じゃあ、また」

なんて、清華ちゃんたちに手を振っている芳彦先輩が、わたしはどうしても信じられなくて、目をごしごしこすってみたくなったくらい。

でも、その意図はすぐ明らかになった。

「あのさ、ちょっと聞きたいことがあって」

「えっ？」

職場でもさっきの店でも、質問のチャンスならいくらでもあっただろうに。

「あ、もしかして清華ちゃんのことですか。なんか、彼女すっかり吹っ切れたみたいで、もうストーカーの心配はなさそうですね」

「いや、そのことじゃなくて」

「え」

「一条リラのこと」

「はぁ、何ですか」

わたしも、リラさんに関する知識で言えば、芳彦先輩とほぼ同レベルだと思うけれど。

「あの人さ、付き合ってる人とかいるのかな」

「えーっ」

思わず声を出してしまった。それが先輩の気に障ったようだ。

「えーっ、てなんだよ」

「いえいえいえ」

わたしはあわてた。あわてるあまり、究極に無粋な質問をしてしまった。

「それを知ってどうするんですか？」

「どうするって……。ただ、少し気になって」

無粋ついでだ。もう一歩踏み込んでしまえ。

「だ、だ、だって先輩、リラさんのこと、すごくキライだったのに」

「いや、それはさぁ」

意外にも先輩はふっと笑い、信号待ちの交差点で髪を照れくさそうにかきあげた。

「あいつ、俺のかなえられなかった夢をかなえた人間なわけじゃんか。アメリカに留学して、英語で仕事してさ。だから、軽く気に食わなかったっていうの？」

「はぁ……」

「でも頭切れるし、行動力あるし、何よりピンチに陥っていた俺を救ってくれたわけだしさ」

ええ〜。そこまで気持ちに変化が起きていたなんて、全然気づかなかった。鈍感なわたし。でもそれなら説明がつく。さっきの店に、おとなしくついてきたわけも、食事の最中、一度も悪態をつかなかった理由も。

「で、彼氏とかいるのかなぁ。いないよなぁ、単身で日本に帰って来たわけだから」

「さあ……」

わたしは、リラさんの失恋話を伝えるのはさすがにまずいだろうと判断して、首をひねってみた。

「ちょっといろいろ探ってみてくれない？」

ドアをロックしておいてよかった。さもなければわたしは驚愕のあまり車から転げ落ちるところだった。だって芳彦先輩が、かわいらしくこちらを向いて両手を合わせているのだ。

「頼む」

「き、き、聞いてみます」

どうしよう。人に恋愛がらみで頼られるなんて……。

スターを目指せ

照明がギラギラとまぶしい。小さなスタジオだけれど、カメラが何台もあって、本格的だ。いや、本格的なのは当たり前なのだけれど。ここは、テレビ局の中なのだから。「山んなかTV」は、その田舎っぽい名前にもかかわらず、この地方では一番影響力の大きい民放だ。特に午前5時から8時半までの情報番組「山びこモーニング」は、わたしも毎日見ている。

司会の梶原フライデー氏は、このあたりじゃ誰だって知っている。東京では知名度ゼロだろうけれど。

で、わたしとリラさんがさっきから見守っているのは、スタジオ内の小さなステージ上にいる森川清華ちゃんだ。

いや、ほんとすごい子だな、と思う。

だって、水着だ。それもビキニ。これで電波に乗っちゃおうというのだから、ほんと大した度胸だ。そう、来週月曜から「山びこモーニング」で毎日、「目指せ！ ミス・キャンパス 清華19歳の挑戦」というミニコーナーがスタートするのだ。

仕掛け人は、もちろんリラさん。

清華ちゃんが変身していく過程をテレビで流して話題づくりをして、黄桃学園大学に注目をさせる――。リラさんが考えた廃校阻止案っていうのは、こういうことだったのだ。

今もリラさんは、

「ウエストだけじゃなくて、体脂肪率も測定しといたほうがいいんじゃないの？」

なんて、番組の偉い人と対等に話している。なんとこの偉い人、すなわちディレクターの永江さんは、会社を休職してハリウッドに留学していた時期があって、その滞在時のお仲間がリラさん、てことらしい。

すごい人脈……。わたしなんて、25年ずっとこの街に住んできたけど、テレビ局に知り合いなんか、ひとりもいない。

「じゃ、次。ウエストを測定するからねー」

スタッフの蒲原さんが、巻尺を容赦なく、清華ちゃんの身体にまわす。今までブラウスやフレアースカートで上手に隠されていた部分が露になって、わたしたちは初めて清華ちゃんの全身像を知った。

わたしの感想は、うーん、なんか痛々しい……という感じ。服を着ていれば「ぽっちゃり」「ふくよか」と表現できるところが、ビキニになってしまうと「太っている」以外の何物でもない。

しかし、リラさんは、

「変身しがいのある体形よね」

とむしろ喜び、当の清華ちゃんも、

「はぁーい、頑張りまーす」

この2人、けっこう似ているのかもしれない。

わたしはちょっと心配になって、リラさんに聞いてみた。

「テレビの人とか巻き込んで、結局、清華ちゃんが優勝できなかったらどうなるの？」

考え込むかと思ったら、リラさんはさらっと答えた。

「どうもならないよ」

「え？」

「『ロッキー』っていう映画観たことある？　シルベスター・スタローンが自分で脚本書いて、自分で主演して、一躍スターダムにのしあがった作品。知らない……かな？」

悲しそうな顔をされたので、わたしは、

「あ、いえ、昔」

と答えざるを得なかった。

リラさんは、うれしげにわたしをパンチする真似をしてきた。その、シルベスターなんちゃらが乗り移ったらしい。

「そうか。真琴ちゃんって、昔の洋画は観てるんだね〜」

とひとり納得してから、

「結局あの映画って、最後の試合に勝つか負けるかって大きな問題じゃないのよね。そこに至るまでに、ロッキーが努力する。観ている人が感情移入する。その試合でロッキー頑張れ!!　って心から思う。もうそこがゴールなのよね」

「はい……」

知らないのに知っているふりをしているわたしは、曖昧に同意する。

「人間ってなかなか頑張れない生き物でしょ。いつも『明日はやろう明日はやろう』って思ってる。だから今日を頑張る人に、自分を重ねて応援したくなる。清華ちゃんは、そういう存在でじゅうぶんなわけ」

明日を頑張ろうとすら思えない、つまらない日常を送っているわたしは、どうすればいいのかなぁ……。ふとそんなことを思った。

そして次の瞬間、気づいた。

わたしの日常って、つまらない？　今も？

最近、今日はどんなことがあるかな、って目覚まし時計が鳴る前に起きあがってる。

そういえば。

＊

テレビの収録が終わると、清華ちゃんは、

「スポーツクラブに行ってきます！」

と張り切って帰ってしまった。疲れたからアイスクリーム食べたい、なんて言わないあたり、彼女は本気だ。

テレビ局の近くの並木道は、おしゃれカフェや有名ブランドの支店がぽつぽつと目に付く。カフェに入ると、ストイックな清華ちゃんに悪いような気がして、わたしたちは街路樹の下をぷらぷらと歩いた。

「ねえ、リラさん」

芳彦先輩に頼まれたことを切り出す、絶好のタイミングだ。

「リラさんって、日本で新しい彼とか、作る気ないの？」

「Ｄａｒｌｉｎ'……ほしいけどねぇ」

「けど？」

「まだ、忘れられないみたい」

なんか、わかる。片想いって、自分が終わりだと決めないと永遠に終わらない。わたしなんて、そのせいで妄想世界に6年も暮らしているんだもの。

前を歩くリラさんは、オレンジのカットソーに白のハーフパンツ。ブラウンの太いベルトを巻いている。胴よりも脚のほうが長いんじゃないだろうか。こんなスタイルのいい人を振っちゃうんだから、アメリカ人ってナゾだ。

わたしが黙っていると、リラさんはくるっと振り返った。

「あたし、ダメなのよね」

「え？」

「清華ちゃんの恋愛を終わらせるアドバイスもできるし、真琴ちゃんの恋の応援もできる。でも、あたし自身のことになると、どうしていいのか、わからないの」

「え、でも……」

「ストーリーアナリストのくせに、って思うでしょ。でも、自分のストーリーは作れないの。ほら、人の物語を整理したり分析したりするのはできても、オリジナルは作れない。片想いの相手が指摘したとおり」

「いや、そんな、あの……」

話を引き出すつもりで、いやな想い出を引っ張り出してしまった。何もフォローできない。

それきり話は終わってしまった。

＊

月曜日午前6時38分。わたしは、テレビにかじりついていた。

「さあ、これから新しいコーナーがスタートします。いろんなことにチャレンジしていく女の子たちを追跡調査して、応援していこう、というこの新企画、第1回は、黄桃学園大学1年生の森川清華さんが挑戦してくれます。森川さん、何に挑戦するんですか」

アナウンサーの声に、ビキニ姿のぷよぷよ清華ちゃんがはりきって答える。

「はい！ 来月の文化祭で行われる『ミス・キャンパス』選手権でーす！」

後ろで父が、ぶーっとお茶を噴く音が聞こえた。

「無理だろ。こんなに太ってて」

母は、容赦なくこきおろした。

「くだらないコーナーね」

視聴率がとれなくても続けるとディレクターは言っていたけれど、もし評判がとても悪かったら、継続は難しいかもしれない。

うちの親の評価が世間と同じとは限らないと思いつつ、心配になる。

「車借りていくね」

いつも徒歩＋シャトルバス通勤のわたしだが、今日は仕事の後、清華ちゃんをスポーツジムに送っていく担当になったのだ。ジムでは、明日の収録が行われる。

車だと、やはり時間が短縮できる。家から20分で大学に着いた。駐車場に車を止めて、事務室に入ると、

「Ｈｉ！」

リラさんがこちらに向かって両手を振り回している。

「どうしたんですか」

「今、スタッフから連絡入ったの。番組にね、早くも激励メールが20通くらい届いてるんだって」

20通。多いんだか少ないんだか、わからない。

「新コーナーがスタートすると、だいたい7~8通、っていうのが通常の反応なんだって。それに比べると相当いいよ。目障りだっていう批判も1つ2つあったらしいけど。これは清華ちゃんには内緒ね」

リラさんがうふっと笑ったとき、ちょうど芳彦先輩が出勤してきた。

「あ、芳彦くんだ」

報告をしたいらしくて、リラさんは小走りに扉のほうまで走っていく。芳彦先輩のはにかんだ笑顔、初めて見た。

と、そのとき電話が鳴った。

「『山びこモーニング』の蒲原ですけど、一条リラさんは——」

あ、清華ちゃんのウエストを測っていた人か。わたしは、芳彦先輩の幸せなひとときを邪魔したくなくて、

「一条はちょっと席を外してます。かわりにお伺いしておきますが。一昨日いっしょにお邪魔した小平真琴という者です」

と言ってみた。

「いや、実はですね。先ほどお宅の理事長さんの秘書の方からお電話がありまして」

「えっ」

「うちの学生を無断で出すとはどういうことだ、みたいなお叱り(しか)の電話だったので、『無断ではなく総務部の一条リラさんが窓口です』って、ご説明したんですけど、問題

ないですよね？」

「え……」

「リラさんのほうからも、理事長に一言フォローしていただけると助かります。よろしくですぅ〜」

こちらの困惑には気づかず、蒲原さんは電話を切ってしまった。

どうしよう。

リラさん、いや、わたしたち。理事長に闘いを挑んでいる、ということが本人に伝わってしまった！

美酒に酔いましょう

今頃気がついたのだけれど、清華ちゃんって肌がきれいだ。つるっつるで、さっき頬っぺたに触らせてもらったら、陶器のお人形をなでてるのと、感触が近かった。おでこにしょっちゅうブツブツができる自分とは大違い。

スポーツジムでは、清華ちゃんは水泳をやったりフラダンスの講座に参加したりするなど、テレビ的に飽きさせないように毎回いろんなチャレンジをする。そしてトレーニング終了後に体重測定。

アマアマのアイスクリームを食べなくなったこともあってか、清華ちゃんは最初一気に5キロやせた。この分だとどこまで行くんだろう! とびっくりしたけれど、そのあとはなかなか減らなくて、ウエストがくっきりとくびれる、みたいなのはもう難しそうだ。

それでも、はつらつとしているものだから、番組ホームページへの応援メッセージは今も毎日20通を超えているらしい。

「なんかー、すみません。送ってもらっちゃってぇ」

車に乗り込むと、清華ちゃんはていねいに頭を下げた。礼儀正しいところも、彼女の評判がいい理由の1つ。

「ほんとは毎日送ってあげたいんだけど、この車、父親もよく使うから」

「すみません～」

「もういよいよ来週だもんね、文化祭。コンテストの応募者、今年は30人超えたらしいね。清華ちゃんに刺激を受けたんだろうなぁ」

「わぁ、どうしよう。予選をやることになっちゃったら。そして予選落ちしたりして。でもあたし、頑張らなくっちゃ。ディレクターの永江さんに嫌われちゃうもん」

恋する乙女、清華ちゃん。芳彦先輩に続くターゲットは、渋い四十男、永江さんなのだった。

「ところで、リラさんはだいじょうぶですかぁ？」

「何が？」

「理事長と揉めた、ってなんとなくウワサを聞いたんですけど」

「ああ、だいじょうぶだよ。理事長は、清華ちゃんがテレビに出てることについて文句言ったらしいけど、ほら、高校生じゃあるまいし、大学に芸能活動の許可を得る必要なんてないじゃない？」

事実としてはそうなのだが、実際の雰囲気はもっと険悪だった。理事長は、こちらの狙いに気づいたらしい。いろいろイヤミを言ってくる。でも、リラさんが一歩も引かないものだから、こないだの会議なんてピリピリしていた。

廃校にしないかわりに、わたしとリラさんをクビにする、なんてことになったらどうしよう……。

でも、そんな実情を清華ちゃんに言っても仕方ない。最近、すっかり友達っぽくなっているけれど、あくまで学生と職員なのだから。

「じゃあ、また明日」

清華ちゃんを無事送り届けて、わたしはいつもどおり、駅前大通りを西へ向かった。

あれ？　この間つぶれた2階建てのビルが、煌々とライトをつけている。一階は書店に生まれ変わったらしい。そして二階はビデオ、ゲームが借りられるレンタルビデオ店になった。

まあ、関係ないけど。

と、少し前のわたしなら、当然通り過ぎていた。でも――。

一大決心をして、駐車場に車を乗り入れた。映画見放題チャンネルにどうやって加入するかわからないし、見放題リストからどうやって映画を選ぶのか、アナログ人間のわたしにはよくわからない。けど、見たい映画のDVDやブルーレイを見つけてレンタルするっていうなら、わたしにもできる……はず。

レンタルって、初期費用にいくらかかるのだろう。知らないところに立ち入るのは気が重い。

それでも、店に入ると少し落ち着いた。数人の客がいたからだ。たいていはひとりで来ていて、黙りこくって棚からブルーレイを引っ張り出している。

当店イチオシ！　というポップがあちこちに立っていて、結局、どれが本物のイチオシなのか見当つかない。そんななかで、見つけた。

「あ、これって……」

初めてリラさんに会ったときのことを思い出す。たしか、この映画の話をしながら泣いていたような。

『ニュー・シネマ・パラダイス』

借りてみよう。初めてそんな気になった。

ずっと考えていたのだ。リラさんの恋愛相談に乗る方法。オリジナルの物語が作れない、と言う彼女に、何かアドバイスをしてあげられるやり方。それにはやっぱり、リラさんが大好きな映画を、それもラブストーリーを観ることがまずは一番なんじゃないかなぁ、と。

数時間後。

両親が寝静まった後のリビングで、わたしは思い出していた。そういえばうちのブルーレイディスクのデッキ、2年前に壊れて、誰も使わないからそのままになっていたんだった……。

＊

11月3日がやってきた。毎年必ず休日出勤する日。

事務室は閉めているけれど、学内に大勢人が出入りするので、職員は何かトラブルがあったときのために巡回・待機している。

実際、「チョコバナナを作っていたら、小指をチョコクリームに入れちゃって、ちょっとヤケドしました」とか「うちの演劇サークルの看板が盗まれたんだけど、きっとライバルサークルのせいに違いない」とか、学生にとっては大きな（そして我々にとってはどうでもいい）トラブル相談がいくつか降ってきた。

「いよいよだね」

リラさんが、しんとした事務室の片隅で、ドレスを着込んだ清華ちゃんのアクセサリーを最終調整していた。ステージに立ったら、彼女ひとりの勝負だ。わたしたち職員が、特定の学生に肩入れしていると判明したら、それこそトラブルの種になってしまうから。

「ちょっとすごいぜ、なんだあれ」

駆け込んできたのは、芳彦先輩だった。

「まだスタートまで1時間あるっていうのに、もう会場は満員だよ」

清華ちゃんを送り出して、わたしたちがステージに着いたときは、まさに〝立錐（りっすい）の余地なし〟。椅子席でのんびり見よう、と思っていたのに、立見席で、それも人の肩と肩の合間から背伸びして見なきゃいけない。

ステージの正面には、もちろん「山びこモーニング」のカメラが陣取っている。理事長が、取材規制をしなくてよかった。いや、本当はやろうとしたらしいのだが、文化祭実行委員会に懇願されて、あきらめたらしい。

「それでは、ただいまより『黄桃学園大学ミス・キャンパス選手権』を始めたいと思います」

緊張気味の学生司会者の声で、ずらりと候補者が現れた。

「エントリーナンバー3番、小牧涼さん」

あ、あの子、掲示板の前でこないだ「休講だ〜」って躍りあがっていた。そのときは気づかなかったけど、プロポーションがいい。特に脚がすらりと長くて。

「エントリーナンバー12番、諏訪野夕夢(ゆうむ)さん」

こないだ「あたしの傘はどこ」と聞きに来た子。半泣きで表情が歪(ゆが)んでいたからわからなかったけど、楚々(そそ)としてかわいい顔立ちだ。そんなふうに見覚えのある学生が多い。

そのなかで、清華ちゃんへの声援はひときわ大きかった。テレビ効果ってすごい。

水着審査はもう何年も前からなくなっているけれど、スタイルに自信のある子たちは、特技披露のコーナーで、レオタードやヨガウェアを着て、その体形をアピールしている。

おおっ。会場から声が上がった。

清華ちゃんが、白い肩紐(かたひも)のフラブラウスにパウスカートで、現れたのだ。スポーツジムで習い始めたフラダンスを、「特技」としてやっている。ゆったりとした動きの部分はともかく、テンポが速くなると腰の動きがでたらめだ。でも、笑顔に真っ赤なハイビスカスの造花がよく似合っている。

「見直した？　やっぱり付き合っておいたらよかったんじゃないの？」

リラさんにそう言われて、芳彦先輩は、

「あ、いや……」

と、さびしそうな顔で微笑んでいる。そりゃそうだ。意中の人であるリラさんにだけは、そんなこと言われたくはなかろう。

＊

「発表します！ミス・キャンパスは――」

会場は静まり返った。ドラム音が延々とひびいた後で、

「エントリーナンバー3番、小牧涼さんですっ」

大きな拍手と、はーっというため息と。

結局、清華ちゃんは入賞すらできなかった。テレビ局が、せめて準ミスには、と、あらかじめ裏で実行委員会に交渉したらしいのだが、学生らしい潔癖さで、彼らはそれを拒んだそうな。

「そのあたり、社会人と違って、学生って空気読めないですよね～」

ここまで盛り上げたのに、ただの一参加者で終わってしまう清華ちゃん、かわいそう。残念すぎてつい愚痴をこぼすわたしに、リラさんは、

「いいのいいの。じゅうぶん大成功だよ」

と、にっこり笑って、芳彦先輩や周囲の人には聞こえないように、声をひそめた。

「ここだけの話ね。『リトル・ミス・サンシャイン』って映画知ってる？」

「いえ……」

今までだったら聞き流していたけれど、わたしは頭のなかでタイトルを繰り返した。

リトル・ミス・サンシャイン……。

「家族のなかの1人が、美少女コンテストに挑戦するの。で、家族は気持ちがバラバラだったけど、その子と一緒に会場に行く間にいろんなことがあって、少しずつ結束していくの」

「はぁ」

「あたしたちも、そういう感じじゃない？」

「え」

「目標って、目指す人だけのものじゃなくて、応援する人のものでもあるのよね。それが達成してもしなくても、応援する人たちが輪になって、頑張った人を胴上げしてあげればいいと思うの。勝利の美酒っていうけど、頑張って負けた後のお酒も、きっとおいしいはずよ」

言われて初めて気がついた。清華ちゃんの送り迎えをしたり、衣装を探したり、そんなことをしている間に、わたしたちの間には絆（きずな）ができていた。芳彦先輩とも、リラさんが来るまでは、どうでもいい話しかしたことなかったのに、いまや恋愛相談までされるようになっちゃって。

＊

「カンパーイ！」

本当だ。敗者たちの美酒もまた、心地よい。こないだのイタリアンレストランで、清華ちゃんのためにピザを3枚も注文した。

「おいしぃ～」

彼女は、1ヶ月の鬱憤を晴らすように、モーレツに食べまくっている。

「で、廃校は阻止できたわけ？」

芳彦先輩がリラさんに聞く。これもまたイヤミ口調ではなくて、真剣に。リラさんは答えた。

「まだ、第1段階ね。もちろん大きな効果はあったわよ。黄桃学園大学に、学外の人たちが注目してくれたし、何よりも学生たちのモチベーションが上がったのがよかったわね。大きなイベントをやると、自信がつくものなのよ。これは全部清華ちゃんのおかげ」

「にょんれもにゃいれすー」

清華ちゃんが、ピザを頬張りながら片手をパタパタ振った。とんでもないです、と言いたかったらしい。

リラさんはピザよりも、ジャガイモのニョッキがお気に入りだ。スプーンでがしがしと口へ運びながら言った。

「次は、第2段階。実際に受験者の数を増やして、受験料収入を大幅にアップする。そういう実益がないと、経営が苦しいという大学側の理屈をつぶせないでしょ」

「受験者を増やす……どうやって」

質問するわたしに、リラさんはウインクして見せた。

「策は、ちゃんとあるのよ」

新キャラ誕生

呼び鈴を押すと、リラさんの声が聞こえてきた。

「いらっしゃーい。ドア開いてるから、入って」

わたしより先に、後ろに立っていた芳彦先輩が前に踏み出して、ドアノブに手をかけた。ゴクッと唾を呑み込む音が聞こえる。

ワカル……。好きな人の家に初めて来たんだもんね。もしわたしが大浦センセイの家を訪ねたら、もっと頻繁に唾を呑み込まないと、よだれがダラーッと垂れてくるかもしれない。

「わっ」

大声を上げたのは清華ちゃんだ。

玄関は、天井から床まで、お芝居で使われるような黒い幕で覆われていた。靴を脱いで上がったら、その先に何があるのか、さっぱりわからない。

「お化け屋敷かよ」

もう外は暗くて、マンションの廊下の蛍光灯だけが頼りだ。ドアを閉めると、漆黒の空間になった。電気のスイッチはどこ……。

リラさんの家は、たとえば壁が全面真っ赤だったり映画のポスターだらけだったり、どこか変わってはいるだろうと予想していたものの、まさかこう来るとは。

「と、とにかく前に進んでみますね」

勇敢な清華ちゃんが、幕を手で押し上げて、先に進む。廊下にも黒幕が張られているらしく、何も見えない。

「うぎゃっ」

清華ちゃんが叫んで、ドシンという音がひびいた。

「だいじょうぶ？」

「ヘンなもの踏んじゃいました〜。なんかニュルニュルしてる。ジェルかも」

わたしも頑張らないと、と思って廊下を先に進んだら、奥の間仕切りから光が漏れてきた。もう安心だ、と思った瞬間、

「ひゃぁ――っ」

頭の上に、どさっと何かが落ちてきた。よろめきながら、それをガムシャラに投げつけると、芳彦先輩の頭に当たったらしく、

「イデ！」

と悲鳴が聞こえる。

リラさんが間仕切りを開けた。

「Ｗｅｌｃｏｍｅ！」

何がウェルカムじゃ〜。わたしは失神寸前だったのに。そう思いながら、降ってきた

ものの正体を確認したら、巨大な怪獣のぬいぐるみだった。よく見ると、抱きマクラの背中にいっぱいヒレをつけたもの。

「どぉ？　面白かった？　リラパーク。そのぬいぐるみ、ネッシーだってわかった？」

リラさんは、カレー鍋の用意をしながら、軽く言う。清華ちゃんが泣きそうな顔で聞く。

「あたしの踏んだニュルニュルは何だったんですか？」

「ネッシーのウンチ」

「ぎえぇぇー」

「ウソ。スライムだよん」

「あのなぁ。もしオレたちがケーキ買ってきてたら、ペシャンコにつぶれてたぞ。こんな歓迎の仕方があるかよ」

芳彦先輩がいつになくキツい口調なのは、きっと照れ隠しだ。リラさんのほうはまったく懲りていない。

「人生は24時間エンターテインメントだから、ね」

彼女はフンフンと鼻歌まじりに、我々が買ってきたスイートポテトを皿に載せている。ここにいるのは4人だけれど、10個ある。もちろんリラさんが多めに食べるのを予想して、のこと。

「わぁ、このDVD、持ってるんですねぇ。いいなぁ」

立ち直りの早い清華ちゃんが、プラスチックケースの並んだ棚に吸い寄せられていた。

「学生時代から集めたものよん～。パソコンでストリーミングもいいけど、好きな映画はやっぱりパッケージで保存したいのよね。あとで、リラのスペシャルセレクションベスト50を貸してあげるから」

「50もですかぁ～？」

「とにかくご飯が先。みんな来るのが遅いから、おなかすいちゃった」

リラさんが鍋を運んできた。

「食べながら、打ち合わせしよう。まず、もう一度、今日の会の趣旨を説明するね。あたしたちは、廃校を阻止しなくてはならない。そのためには、来年の受験者数を増やさなくてはいけない。それには、大学に魅力的な要素を早急につくる必要がある。でも、もちろん予算はつかない。そんなわたしたちにできること。それが、今回の〝ネッシー作戦〟ね」

ネッシーとは、もちろんネス湖に棲息(せいそく)しているといわれるあの謎の生き物のこと。

先日、イタリアンレストランで、リラさんが提案したのだ。

この大学内に、もしネッシーみたいな謎の生物なり幽霊なり妖怪(ようかい)なりがいれば、大きな話題になる、と。

「オモシロソウ」→「自分の目で見たい」→「行ってみたい」

その結果、受験者が増えるに違いない。ここはひとつ、みんなで力を合わせて、そういう存在の噂を生み出すことにしよう――。

「だから、さっきわたしの頭を襲撃したの、ネッシーだったんですね」

わたしが言うと、リラさんはかわゆくガッツポーズをとる。

「正解ッ。で、真琴ちゃん、なんかアイデアあるぅ？　謎の生物でも、怖いお話でも」

あまりのノーテンキぶりに、仕返しをしたくなった。わたしに頼ると、こんなくだらないものしか考えつかないんですよーだ。ってこと、思い知らせよう。

「ちょっと考えてみたのは……夜になると、学校のどこからか、校歌が流れてくるんですけど……」

「ふむふむ」

「その旋律がいつも同じところで間違って、そこで何度もつっかえて。音が流れてくるのは講堂からで、入っていくと、指が血だらけの女子学生が泣きながらピアノを弾いている、みたいな」

そんなの、よくある怪談をもじっただけでしょー。んもう。

リラさんのコメントを待っていたら、

「校歌ね。従来の怪談にバリエーションつけるのって、共感しやすいだろうし、ありだと思う」

意外にもポジティブな返事だった。

「ありですか？」

脱力させられなくて残念だけれど、ほめられたのはうれしい。わたしはようやく平常に戻った心音を感じながら、スイートポテトに手を伸ばした。

「芳彦くんは、なんかアイデアある？」

実は負けず嫌いの芳彦先輩は、事前にしっかり考えてきたらしい。

「家にあった古文書を調べてみたんだ。そしたら、このあたりは戦国時代に合戦が何度かあったらしい。掘り返すと、甲冑が出てくることもあるんだってさ。だから、落武者の幽霊みたいなの、ありかと思って」

「いやー、それもコワイ！」

清華ちゃんが、楽しげに耳をふさぐふりをする。

「たしかに、歴史とつながっていると説得力あるね。そういうリアルとの接点って、大きいポイントなんだよね。ほら、『ナイトミュージアム』って映画、知ってる？　博物館に勤め始めた男の人が主人公なんだけど、その博物館には秘密があって、夜になると展示されてる動物たちが自由に動き回るわけ。恐竜が歩いたりね」

リラさんは立ち上がって、ノシッ、ノシッと床を踏みしめながら歩き出した。恐竜が乗り移ったらしい。左手が身体のうしろでひらひらうねっているのは、シッポのつもりだろう。

「でね。その博物館っていうのは、ニューヨークに実在する『アメリカ自然史博物館』なわけ。そのリアルさが、人気の理由だと思うのよね。現実とフィクションが交錯することって、実は人間の潜在的な夢なんじゃないかな、って思うの。こんなことがあったらいいなぁ、と夢見ていることが、現実になったら……ってね」

リラさんは、スイートポテトをぱくぱくっと二口で平らげて、続けた。

「そういう意味では、芳彦くんの話は歴史とつながってるし、真琴ちゃんの話はみんなの頭に刷り込まれている怪談につながっているし、他のケースだったら活かせると思う。ただね、今回の場合、2つともちょっと怖すぎるんじゃないかって気がするんだよね。ほら、ホラー映画が絶対ダメっていう人、けっこう多いと思うの。せっかく興味もって受験する人が増えても、一方で怖がって受験をやめる人が増えたら、差し引きゼロになっちゃう」

「要するに、ネス湖のネッシーみたいに、謎だけど怖くはない、みたいなのがいいわけなんだな。でも思いつかないよ」

ちょっぴり投げやりに、先輩が言う。わたしは聞いてみた。

「あの、リラさんは？」

すると彼女は、部屋の隅にあるプリンターから、A4サイズの白い紙を数枚とってきた。そして、さらさらっと描いた。

桃がぱかっと2つに割れる絵。そこから、ぽんと男の子が飛び出してくる。知らなかった。リラさん、絵がうまい。

「桃太郎ですね」

わたしが言うと、リラさんはニッと笑った。

「そう！　桃から生まれた桃太郎。これを知らない日本人はいないよね。鬼が島へ鬼退治に行った、昔話のヒーロー。でね、これは実は桃太郎じゃないの。桃太郎の親戚（しんせき）」

リラさんは、黄色い蛍光ペンを取り出して、桃をしゃかしゃかと塗りだした。

「黄桃……ですか？」

「そうっ！　これはね、黄桃から生まれた黄桃太郎。黄桃が名産の黄桃市にある、黄桃学園大学ならではのキャラ」

ズルッと、清華ちゃんが派手にコケるマネをして、絨毯（じゅうたん）に転がった。

「ナゾの生き物っていうよりは、ほとんどギャグですよぉ～」

「でもね、桃太郎の親戚が黄桃学園大学で見つかるなんて、楽しくない？　大学にまだまだ入学できない小学生たちも、探しにやってくるわよ」

それって、逆に言えば、小学生くらいしか反応してくれないような、ちゃちなネタってことじゃないだろうか。わたしたち3人は押し黙った。どうもリラさんには抵抗しづらい雰囲気がある。だから目で合図する。なんか言えよ。いや、先輩が言って。

ようやく芳彦先輩が口を開いてくれた。

「そりゃツチノコだって、全国的に親しまれてるしさ、うまく噂になれば面白いのかもしれない。でも、要するに黄桃太郎はちっこい間の抜けたキャラなわけだろ？　そんなの、もし適当に作ってネットで公開しても、すぐに偽物ってバレるよ。いまどき、ネットは怖いから。ヤラセなんてわかった瞬間、叩かれて、大学関係者がやったことまでバレたら、逆に受験者が大幅に減るよ」

「適当に作ったら、そうなるわよね」

「ああ」

「だから、適当に作らなければいいのよ」

「へっ？」

「わたしたちですら、本物だと思ってしまうクオリティの黄桃太郎を作り上げればいいわけでしょ？」

「そうだけど……」

リラさんは毎度のウィンクをした。

「3日くらい待ってて。秘策があるから」

大型助っ人

「誰も見てないよな」

「はい」

日曜日、午前10時50分。キャンパスには人がほとんどいない。それでもわたしと芳彦先輩は、慎重にあたりを見回した。そして、事務室からこっそり持ち出した鍵(かぎ)で、建物の中に入った。

「なんで、プールで待ち合わせなんでしょうねぇ」

リラさんに指定されたのだ。「黄桃太郎の件で打ち合わせするから、屋内プールに来てね」と。たしかに人目にはつかなくて便利だ。去年の秋に、経費削減のためプールは使用中止になったから。

薄暗い通路は、カップル同士なら盛り上がって歩けそうだ。芳彦先輩もちょうど同じことを思っていたらしく、

「オレは本当は、君と2人きりよりも、一条リラと2人きりで来たかったな」

「わたしですみませんねぇ」

「だって、彼女に恋人がいるのかどうか、調べてくれって頼んだのに、結果、教えてくれないし」

「あ……それは……」

言いよどんでしまう。話してもいいものだろうか。リラさんは失意のどん底でロスから帰ってきたのだ、ということ。まだ早い気がする。彼女は傷口をなんとか縫合したものの、いまだに抜糸できていない状態なんじゃないか、と。

「もう少し待ってください。リラさんに、プライベートをしんみり語ってもらうチャンスが、なかなか」

「ふうん。でもこないだ部屋に行ったときは、男っ気なかったよな。だから誰とも付き合ってないと思うよ」

と、先輩は自分で結論を出して、すんなり引き下がってくれた。

「やだな、なんか蜘蛛の巣が」

更衣室から25メートルプールまでの細長い廊下には、ほこりがふわふわ舞っている。電気をつけたら、誰かに気づかれるかもしれないから、と、薄暗がりのままのプールサイドを歩いた。

「リラさん、まだみたいですね」

「入口の鍵は閉まってたんだから、オレたちより先には来てないよ」

手袋を忘れてきた先輩は、両手をポケットに突っ込んで、背中を丸めている。

約束の11時を過ぎても、リラさんは現れなかった。

「いったん事務室、戻ります？」

そう言いながら、わたしはなんとなくプールを覗き込んだ。底は冷え冷えとした青色に塗られていて、見ていると、自分の体温まで奪われていくようだ。

「あ……」

わたしは先輩の腕を摑んだ。

「なんだよ」

不愉快な声が返ってきた。そりゃわたしだって、平常時なら決して芳彦先輩にひっつこうなんて思わない。しかし、今は——。

「プールの底に、なんかいません？」

「なんか、って何だよ」

「人影、みたいな」

「やめろよ、おまえ、あいつのキャラに影響されてんだろ。オレを脅かそうとして」

「脅かしてませんよ。ただ……死体に見えるんです……」

いつの間にか、わたしのコートの袖を、先輩がしっかり摑んでいた。

「な、なに言ってんだよ。この大学で行方不明事件なんてないだろ？」

「行方不明であることすら、気づかれてない学生とか」

「それにしちゃ、でかくないか」

言われて、わたしたちはじりじりと近づいた。その距離、10メートル。暗いせいでよく見えないけれど、大きくて、そして髪が……金色!?

覗き込んだ瞬間、死体の目がかっと見開いた。

「ひぃぃ」

プールサイドにぺたんと座り込んだとき、

「黄桃太郎作戦が失敗したら、〝プールにナゾの外国人幽霊〟って作戦もありかもね」

階上から、声がひびいてきた。

「リ、リラさん？」

見上げると、彼女が観客席から手を振っている。

「また人形かなんかでだましたのかよ！」

芳彦先輩が怒鳴るけれど、違うよ、この人は人形じゃない。

「キャロライン、Ｔｈａｎｋ　ｙｏｕ!!　ほんとはわたしがやりたかったけど、体形ですぐバレちゃうでしょ。だからキャロラインにやってもらったの～」

むく、と死体が起き上がった。こら、キャロライン、どこの誰だか知らないが、そんなこと引き受けるな。

10秒後、プールの隅のハシゴから、キャロラインはその大きな身体のわりには軽やかに上がってきた。

「リラ、あんたら、どっから入ったんだよ」

「もう合鍵とっくに作ってました～」

鍵をぷらぷらと指でゆすってみせてから、リラさんは、

「This is Caroline.キャロラインさんです。黄桃太郎作戦に協力してくれる、ってわざわざロスから昨日の晩、到着したとこ」

と紹介してきた。ロスから来た人に、死体役をやらせたのかい!!　と突っ込むのも忘れて、わたしたちはボウ然としていた。

身長175センチくらいの大柄なこの女性は、妙に人懐こい。ハァイ、と手を振っている。

長くもじゃもじゃとウエーブした金髪。顔はふっくらと丸みを帯びていて、そのせいで奥まった青い目が小さく見える。年の頃は、うーん、アメリカ人の年齢はわからない。30にも見えるし50にも見える。

「あの人は……いったいどなたなんですか」

まだ心臓がばくばくしている。リラさんはにこやかに、

「その前に、なんでここに呼び出したのか、っていう話が先かな」

「はぁ……」

「桃太郎の桃って、どんぶらこっこ、ってどこで拾われたか覚えてる？」

「川、ですよねぇ……」

「そう。だから、黄桃太郎もね、川辺で生まれたことにしようと思うの。で、あっぷあっぷ流されちゃってるうちに、取水管に引き込まれて、このプールに流れ着いて、3年前から住んでいるわけ」

と、彼女はプールの隅を指差した。

「で、去年からプールが使用禁止になって、黄桃太郎としては、人間に見られなくて気楽なんだけど、一方で退屈でつまらない、みたいな」

芳彦先輩が遮るように言う。

「いや、そんな設定は任せるけどさ。肝心のことが解決してないじゃないか。黄桃太郎の実物を作るんだろ。それが偽物っぽかったら、すぐにヤラせってバレる」

「だからこその、キャロライン」

「え?」

「キャロラインに、フィギュアを作ってもらおうと思って」

桃太郎って、陣羽織に袴(はかま)で頭にハチマキ、みたいな服じゃなかったっけ。それを外国人が?

「そういうのが得意な方……なんですか?」

「得意も得意よ。なにせ彼女、ハリウッドでも指折りの、特殊メイクのアーティストなんだから」

「えっ?」

「あの映画もこの映画も。聞いたらびっくりするかもよ~ん」

リラさん、ギャランティはどうするつもりなの!? これは映画の仕事じゃない。ほとんど遊びレベルのことで、そんな大物の専門家を呼びつけるなんて——。

なんてこと、キャロラインさん本人の前で言えるわけはない。

芳彦先輩とわたしが絶句している間に、リラさんとキャロラインさんはどんどん話を進めているようだ。

ぺらぺーら、ぺらぺらぺーら、わっはっはー。ぺらぺらぺららー。

2人の早口な英語の会話は、わたしにはそんなふうにしか聞こえない。

キャロラインさんが、大きなキャリーバッグを開けて、ノートパソコンやらスケッチブックやらペンやらを取り出し始めると、リラさんが我々のほうに近寄ってきた。

「フィギュアの素材はなんなわけ」

芳彦先輩はそこが気になるらしい。

「シリコンだって。3ポーズくらい型とって、用意しといてもらおうと思って。あ、実際に製作してもらうのはうちのマンションで。残念ながら、そのプロセスは見せられないからねー。彼女の技術はハリウッドのトップシークレット♪」

キャロラインさんの様子をうかがうと、彼女はノートパソコンを開いて、猛烈なスピードで何か打ち込んでいる。

「あの、そんなすごい方へのお礼って、どうするんですか？」

「え、別にいらないんじゃない？　今回はフィギュアのデザイン専用ソフトを使ってキャラクター作ってもらうから、そんなに負荷かかんないし。ほら、基本デザインはあたしがやってるからね。それをさっきキャロラインに取り込んでもらったから。そこから

3Dにするのなんて、彼女には楽チンなことなんだよ」

リラさんは綿菓子なみの軽さで答える。キャロラインさんの後ろに回って、画面をちらっとのぞいてみた。黄桃太郎が立ち上がって歩いている。これがもうすぐ平面の世界を飛び出すのか……。

「でもアメリカって、ギブ&テイクな世界ですよね」

「真琴ちゃん、『ペイ・フォワード』っていう映画、知ってる？」

「いえ……」

「ある男の子がね、思いつくの。人にうれしいこと、いいことをしてもらったら、それをそのまま相手に返すんじゃない。別の人に、同じようにいいことをしてあげる。そしたら、その輪が世界中に広がっていくでしょ、っていうお話」

「はぁ……」

「あたしもそう思うんだ。うちの両親ね、ドイツに住んでて、もう3年くらい会ってない。だからね、両親にしてあげたいな、って思うこと、別の人にするの。そしたら、その人は喜んでくれるし、あたしもよかった、って満足するし。それでいいんじゃないかと思うけど、どう？」

どうと言われても……リラさんはよくてもキャロラインさんは……どうなの？

＊

翌々日。わたしの車にリラさんとキャロラインさんを乗せて、隣の隣の市までドライブした。朝の7時半。ロータリーは少し込み始めていたけれど大丈夫。このあたりでは、大事故でもない限り渋滞にはめったにならない。

キャロラインさんは、ここから新幹線で東京に行き、乗り換えて成田へ行って、夕方の飛行機でロスへ帰るという。

来日したときは空港まで迎えに行ったリラさんも、帰りは「大学の仕事あるし、あたしもここでさよならする」と、あっさりしたものだ。

3泊5日の日本滞在。観光もせずにヘンなフィギュアを作らされて、この人、不満じゃないのだろうか。心配になるのだけれど、当のキャロラインさんは、わたしがプレゼントした黄桃サブレ（一応地元名物だ）に大喜びしてくれた。

リラさんが化粧室に行っている間に、わたしはおそるおそるキャロラインさんに聞いてみた。彼女が、片言の日本語をしゃべれるということを知ったからだ。

「キャロラインさんと、リラさんはどういう関係なんですか。わざわざ、これを作るためだけに日本へ来てくれるなんて」

「リラ、ワタシノ大切ナ、イモウト。リラノ頼ミダッタラ、ナンデモ、助ケマス」

え、そんな強い絆（きずな）があるんだ。いいなぁ……。

もし自分が面倒な相談をしたら、快く言ってくれる人はいるんだろうか。真琴は自分の妹、真琴の頼みだったらなんでも……なんて。

「楽シカッタデース」

キャロラインさんは、がっちりリラさんと抱き合い、ついでわたしのことも締め付けるようにギュッと抱いてくれて、そして両手を振り回して、去っていった。

出会いの演出

パソコンの画面は暗くて、おどろおどろしい雰囲気だ。表示されているのは「廃墟に行こう」というタイトルのこのホームページ。黄桃市郊外の廃屋の写真が並んでいる。

制作者がなんと芳彦先輩だということを、たった今、聞かされた。

「すごい。こんなの、いつの間に作ってたんですか」

わたしは、芳彦先輩のパソコンを覗き込んだ。

「うん、彼女に『何でもいいから怖い雰囲気のホームページを作っておいて』って頼まれたんだ。ミス・キャンパス選手権の頃かな」

彼女って誰よ、と思ったら、芳彦先輩はリラさんを指した。当人は畳の上に座って、すっかりくつろいで、ポテトチップなんぞ食べている。

え。そうなんだ。わたしだけ、全然聞かされてなかったんだ……。急にむなしくなったけれど、我慢して、画面を見続けた。

芳彦先輩の家に今リラさんとわたしが来ているのは、いよいよ黄桃太郎の情報を、インターネット上で公開することになったからだ。

「わたし、黄桃太郎の噂って、ゲリラ的にどっかの掲示板へアップするんだと思ってました」

ホームページなんて初耳ですよ、という意味合いのささやかな抗議をすると、芳彦先輩が真顔で首を振った。

「掲示板だと、みんなに読み流されちゃったら終わりだし、しつこく何度も書き込んだら、ヘンなやつだと思われて叩かれるだろ。だから、自称〝廃墟研究家〟のオレが、ナゾの生き物を発見して、自分のホームページに新コーナーを作って紹介する、というストーリーのほうがわかりやすいんじゃないか、ってことになったわけ」

リラさんと芳彦先輩は、これまでも何度も打ち合わせしてたんだ。きっと。

いつやっていたのか、だいたい想像はつく。仕事帰りだ。

リラさんはひとり暮らしだから、外で晩御飯を食べるのはいつでもOK。芳彦先輩も、「今日は外で食べてきた」と言えば、家族は何も言わないらしい。

そこがうちとは違う。わたしは、今日みたいにあらかじめ予定を親に伝えておけば外食もできるけれど、そうじゃなくて突然「今夜はご飯やっぱりいらない」と言うと、怒られる。父も母も、家族みんなそろって食べるのがあたりまえ、と思っているから。

わたしがおとなしく家に帰っているときに、きっと2人は打ち合わせしていたに違いない。もしかしたら、清華ちゃんも含めて3人で。

「この画像でいい？」

芳彦先輩が聞く。ポテトチップを両方の頰にたっぷり入れて、リスみたいな顔でリラさんが答える。

「最初は、正体がなんだかわからないような、もう少しシルエットっぽいのがいいんじゃないの？」

そう言われて、先輩は別の画像をクリックする。

撮影のときは、わたしも参加していた。ほとんど先週、毎日。誰かに見られたらまずいから、就業時間が過ぎてから、こそこそ屋内プールに集まったのだ。

キャロラインさんが作ってくれたフィギュアは、さすがだった。サイズは高さ30センチと小さめだが、シリコンというやわらかい素材のせいか、本当に生きているみたいだ。彩色もいい。黄桃をイメージした黄色い肌で、顔面だけは熟した実のようにピンクがかっている。動いてるやつ、座ってるやつ、など全部で5体も作ってくれたので、いろんなバリエーションが撮れる。

わたしはその現場で、芳彦先輩のカメラを覗き込んだり、リラさんの指示に従ってフィギュアを動かしたりしていた。みんなの潤滑油みたいなつもりだったけど、ホントは別にいてもいなくてもよかったのかもしれない……。

「このコーナーのタイトルは、『黄桃学園大学で黄桃太郎を発見』でいい？」

芳彦先輩が、バナーをリラさんに見せる。彼女は空っぽになったチップスの袋をゴミ箱に捨てて、パソコンのそばに来た。

「それはダメ」

「え」

「黄桃太郎って名づけるのは、ホームページを見に来て、盛り上がった人たちに任せるの。だから最初は、軽い感じで。『黄桃学園大学で未確認生物発見？』みたいな。それもあんまり煽らずに、さりげなくね」

「だったら、誰も気づかないんじゃないですか」

わたしの意見を聞いてくれる人がいないので、ちょっとムキになって言ってみた。リラさんは、得意のウインクをする。

「ノープロブレム。このコーナーをオープンしたら、清華ちゃんが黄桃市のいろんなコミュニティに、『ヘンなサイトがある』って書き込みしてくれることになってんの」

「じゃあ、わたしも――」

「学生がやったほうがいいと思うの。言葉遣いとか、そういう細かいところに出るから。わたしたち職員がそういうヤラセっぽい書き込みをすると、まずいでしょ」

また、仲間はずれ。

「あの……ちょっとトイレお借りします」

まったくトイレなんか行きたくなかったが、わたしは部屋を出て、みしみし鳴る廊下を歩いていった。

あのましゃべっていたら、急に泣き出しちゃったかもしれないから。

よく考えてみたら、今まで自分に大切な役割が与えられたことは一度もない。ミス・キャンパス選手権の主役は清華ちゃんで、今回の黄桃太郎の製作は、海外からの助っ人で、実際に噂を盛り上げて話題づくりをする場面は芳彦先輩が中心で、アシストが清華ちゃんで――。

わたしが今までやってきたことって、清華ちゃんをスポーツジムに送り迎えしたり、キャロラインさんを駅まで送ったり、要するに車関係のお手伝いばかり。そんなの、他の人でもできることだし。

「真琴ちゃん、帰るよ～」

遠くでリラさんの声が聞こえる。涙がじわ～っと、下まつげを濡らす。「まつげが目に入った」という言い訳を思いついて、わたしはようやく部屋に向かった。

＊

「芳彦くんちで晩御飯、食べ足りなかったからファミレス行かない？」

車に乗ると、リラさんは軽快に言う。一瞬、断っちゃおうかと思った。わたし、じゅうぶん足りましたし疲れたんでもう帰ります……。

でもおとなしく返事した。

「じゃあ、駅とリラさんちの間にある、ピーチハウスはどうですか」

「いいよ～」

店に入ってうれしそうにジャンボピーチパフェを注文するリラさんを尻目に、コーヒーだけ頼んだ。

決して意地悪じゃないんだ、リラさんは。ただ、わたしが平凡すぎて戦力にならないだけなんだ。身体張ってミスコンも出られないし、英語もできないし、パソコンもくわしくないし……。

そんなことを考えていたから、気づかなかった。いつの間にかテーブルの上には、ファイルが3冊と手書きの紙の束が広げられている。

「さあ、お次は真琴ちゃんの出番だよ」

リラさんに言われて、わたしは聞き返してしまった。

「出番?」

「そろそろ、真琴ちゃんにも主役になってもらわなきゃ」

まるで、心の中を読み取ったかのようにリラさんは言う。動揺を押し隠して、何気なく聞いた。

「なんの企画ですか」

リラさんはにやっと笑って、ファイルをひとつ手渡してきた。

「初夏の社会人向け短期講座開催の企画」

「これって……」

「ほら、あたしが以前出してつぶされた企画があったでしょ。社会人向けの講座。理事長が却下した後、教務部に直談判したら、『そういうの前からやってみたかった』って部長に言われたの。あそこまで規模が大きいものは、時期的にもうムリだから、まずは

3回連続とか5回連続とかの短期でやって、反応をうかがうことにしたの。ほら」

リラさんが指し示した文字を見て、わたしは声をあげた。

「こ、これ。大浦先生って――――‼」

ちょうどジャンボピーチパフェを運んできた店員が、ビクッと一瞬震えた。

「そりゃそうでしょ。あたしがあきらめたと思ってた？　大浦英太准教授に来ていただかなくてどうするの。もう既に、部長が会って、ＯＫいただいてるから」

「ほ、本当ですかっ」

わたしってゲンキンなやつ。リラさんが大浦准教授の名前を企画書に書いていた頃は、やめてくれー、と思っていたのに、こうやって現実味を帯びてくると、浮かれてしまう。ねえ、あの眼光鋭い知的で繊細な彼に会えるんだよ。

「それでね、真琴ちゃんの出番だって言ったのは、この短期講座の実務面の仕切りを、全部、真琴ちゃんに任せたいわけ」

「え？　だって教務部が……」

「そこがポイントなの。今まで教務部がこういうことをやりたくても踏み出せなかったのは、あっちも人手が足りないから。そこを総務課がフォローします！　って約束して今回実現できることになったの。だから、先生に校舎を下見に来てもらったり、スケジュールの話をしたり、講師料を振り込んだり、講座の募集かけたり、当日、先生のケアをしたり……。全部真琴ちゃんの仕事！」

「OKですっ」

「大浦先生以外に、講師の先生、あと2人いるのよ」

あ、そうだったのか。でも問題ない。

「だいじょうぶです！」

「じゃあ、あとは出会いの演出を考えるだけだね」

パフェの生クリームを頬張りながら、リラさんが言う。意味がわからない。

「なんですか、それ」

「真琴ちゃん、前に言ってたじゃない。他大の若き環境学者と、事務員の自分に接点はないって。やっとできる接点だよ。でも短いからあっという間に終わっちゃう。初めて出会うシーンで、自分をどんなふうに印象付けるか、って大事だよ。二度目に会ったときに、また『初めまして』って言われないように。いきなりドキッとさせちゃう？　それとも敢えて最初は嫌なやつだな、って思わせる？」

「嫌なやつ⁉」

「『幸せのレシピ』っていう映画、知ってる？」

「いえ……」

「ヒロインはシェフ。生真面目で仕事に一途な女性なの。その厨房に、よそから引き抜かれてきた男性シェフが来るのね。第一印象は最悪。一見不真面目で、かしましく歌いながら調理したりして。だからヒロインはとっても彼が嫌いになる。でもそこから、さりげない気遣いだとか、温かいフォローだとか、そういうのに気づいて『あ、悪いやつじゃないんだ……』って気持ちが変わってくの」

「はぁ」

「今回、相手はまだあなたを知らない。あなただけが彼を知ってる。ということは、どんな出会いにするかは、真琴ちゃんが完全にコントロールできるわけ。どういう女の子だって思われたい？」

「えっと……」

店員さんを呼んだ。

「あの、わたしもジャンボピーチパフェ、1つ」

甘いものたっぷり食べて、気合いを入れて考えよう。リラさんはとってもうれしそうに声を弾ませた。

「わたしも同じパフェ、おかわり！」

送信ボタンをクリックしたとき、指先にしびれが走った。それから、ダンダンダンと心臓が急速に高鳴ってきた。

送っちゃった。ついに、コンタクトをとっちゃった！　大浦英太准教授に。大学にお越しいただく日程について、というごく事務的なメールだったのだけれど。

もし、大浦先生がわたしの提案どおりにしてくれたら、入試までの時期に、一度会って打ち合わせをすることになる。入試が始まると、どの大学の事務員も先生も、試験や採点に駆り出されて、他のことをする時間はまったくなくなるから。

「ランチ、行こうよぉ。おなかぺこんぺこん……」

リラさんが隣でうめくように言う。学生たちは昨日から冬休みに入っているので、総務課の業務は一気に減った。年内にまとめなくてはいけない書類がいくつも残っているのだけれど、連れ立ってランチへ行く時間くらいはある。

職員用の食堂も、年の瀬ムードだった。教員が来ない時期だからか、メニューの数がいつもの3分の1に減っている。ポテトグラタンに「×」マークがつけられているのを見て、リラさんは不満顔だ。

窓辺の席に座ると、ちらちらと雪が舞っているのが見えた。

「大浦先生にメール送りました」

我ながら声が弾んでいるのがわかる。リラさんは、口いっぱいにポテトサラダを頬張りながら言う。

「出会いのシチュエーション、考えた？」

「あ……それは……まだです」

見る間にトーンダウンしてしまった。だって、会って話をするだけでも大冒険だ。事務的に、用件をすべて話して大浦准教授のご都合を聞いて……もう、それ以外に余計なことなんてできるはずない。

「第一印象で、どう思われたい？」

「そりゃ……やっぱりカンジいい子だな、って」

「カンジよくて印象に残る方法。じゃあ、今考えよう」

リラさんがニッと笑う。いや、そういう問題じゃなくてね、わたしは余計なことを考えて、かえってヘンな結果になるのが心配なんですよ。と、はっきり言える性格だったらよかった。

「はい……」

「じゃあ、まず現実的に。当日、大浦先生にはどこで最初に対面するわけ？」

「えっと……。当日、事務室まで来ていただいて、それから教務部の会議室までご案内しようと思うんですよ」

「ということは、初めて会うのが事務室、もしくは事務室の前」

「はい」

「もし、逆の立場だったとしたら、っていうのを考えてみようよ。真琴ちゃんが初めての大学にやってきました。んで、入口で何かしている人がいて、思わず目を奪われてしまいます。さて、何をしているでしょう？」

ああ、テスト問題みたいだ。それも恋愛学は、数学よりも物理よりも苦手。何を食べているんだか、味がちっともわからない。

「えーと、えーと、たとえば、派手に転んで足首押さえて痛がっているとか」

「ふむふむ。ほかには？」

「持ってた書類を廊下にばらまいちゃって、必死で拾っている、とか」

「なかなかイイ線、ついてきたね」

ほめられて気をよくしたけれど、それ以上は何も浮かばない。

「じゃあ、今度は大浦先生と真琴ちゃんのケースで考えてみよう。真琴ちゃんが書類をばらまいたら、ちょうどやってきた先生はどう思う？」

「ドジな女の子だな……？」

「で、先生が書類集めを手伝ってくれて——」

「はい！　最後に書類を渡してくれたとき、手と手が触れ合ったりして」

「さすが真琴ちゃん、妄想レベルはなかなかいいね。でもね、惜しいんだナァ」

そう言い残して、リラさんはデザートのプリンを取りに行った。戻ってきた彼女に、さっそく抗議する。想像のなかだけど、大浦先生の手はあったかかった。惜しくないよ、じゅうぶんじゃない？

「ダメですか、書類ばらまくくらいなら、わたしでもなんとか演技できそうだし」

「うーん。たしかに書類まき散らしたら、真琴ちゃんの印象は少し濃くなるかもしれない。でも、愛しの大浦センセがおうちに帰って、自分の机の上にある書類を見ても、別に真琴ちゃんのことは思い出さないでしょ」

「そんなことは、最初から期待してないっていうか」

「違うんだな、そこが」

リラさんはぐっと身を乗り出した。目のきらきら加減がいつもと違う。あ、きっとハリウッドではこんなふうにして企画を話してたんじゃないかな。

「書類っていう小道具は弱いの。もっと効果的な、真琴ちゃんと先生を必ずつなぐ小道具を見つけなきゃ」

「小道具……」

「そう！『タイタニック』って映画、観たこと——」

「ありますっっ！」

初めて言えた。リラさんの質問に初めてイエスって！　こないだテレビで放送していたときに観た。「最近の映画ってくだらないわよね」と言っている母も、こればかりは自治会やパート先で話題になるらしく、観るのを拒否しようとはしなかったのだ。

リラさんの目のきらきらが、さっきの倍くらいになった。

「わ、あるんだ。うれしい。あの映画の小道具って、何か思い出す？」

「えっと、首飾り？」

「そう！」

と言って、リラさんは首から自分のネックレスを外した。大きく椅子から乗り出して、床に放り投げようとしている。

わかった！　そのゼスチャー。床はあの海ってことね。ローズが首飾りを海に投げる場面。って、リラさんの行動からシーンが正確に浮かんだのも初めて。

リラさんは身体を下へ傾けすぎたらしく、

「うぇー、食べ物が逆流してきた」

と、あわてて上を向きながら、話し続けた。

「あの首飾り、ヒロインとジャックを引き裂いて、その後、2人をより結びつける効果的な小道具になっているでしょ。だからみんな、覚えているの。首飾りを見ると、映画のいろんなシーンがよみがえってくる」

「ああ、なるほど……」

「あたし、思うんだ。映画のなかだけじゃなくて、実生活にも小道具の役割を果たすものっていっぱいある。誕生日にもらったもの、自分で買ったもの、誰かと一緒に作ったもの。品物の数だけ、自分と誰かを結びつけるすてきな想い出があって、人生を彩るの」

「そこまではわかりましたけど……」

具体的に、大浦先生との出会いにどう結びつけたらいいのか。

「真琴ちゃんって、花育てるの、得意？」

「得意じゃないです」

「よしっ。じゃあ、沖縄に友達いる？」

脈絡のない質問に、目が点になってしまう。よしっ、っていったい何？

「学生時代の友達が、移住してペンションで働いてましたけど、東京に引き揚げちゃって」

「ふうん。ま、いいや。あたし沖縄のテレビ局に友達いるから、そっちに頼む」

「あの……頼むって何を」

リラさんはニヤッと笑った。

＊

年が明けて最初の出勤日。父に借りた車を駐車場に入れて歩き出すと、門のところで手招きしている人を見つけた。芳彦先輩だ。

「どうしました？」

「笑っちゃうぜ」

先輩は、そう言ってくすくす笑いながら、屋内プールのある建物を指差した。

「あ」

10人？　それとも20人？　大勢の人がうろうろしている。

「知ってるか？　昨日さ、アクセス数がドカンと上がったんだ」

例の廃墟めぐりのホームページのことだ。

「黄桃太郎、巷で徐々に話題になってますもんね。工作員の清華ちゃんが頑張ってくれているから」

他人事みたいに言ったけれど、実はわたしも年末からずっと自宅で、あちこちに匿名の書き込みをしている。

清華ちゃんと思われる人が「桃太郎みたいですね。シルエットが」と書き込んだ後に、「黄桃市の桃太郎だったら、黄桃太郎ですかね（笑）」と書いたのはわたしだ。

「いや、爆発的にアクセスが増えたのには理由があって。一昨日の深夜に、東京のラジオで取り上げられたらしいんだよ」

「ええーっ」

「都市伝説のコーナーで、地方の変わり種ってことで」

「じゃあもう全国区⁉」

黄桃太郎くん……やったよ！

「鍵ですね、今開けまーす」

校務員さんが鍵を扉に差し込もうとしている。待ちきれない様子で扉を押しあけようとしているのは……。

「あれ、学長じゃないですか⁉」

わたしがびっくりしていると、芳彦先輩は冷静に答えた。

「きっと、黄桃太郎に取り付かれたんだろうな」

「どうして」

「ほら、古田学長って、民俗学が専門だろ？　前にも言ったかもしれないけど、うちの井戸に伝説があるからって見に来たりして」

「ああ、そうでしたねぇ」

「だからきっと、黄桃から生まれた黄桃太郎にも。フィギュア置きっぱなしにしとかなくてよかったな」

「ですよね」

一緒に建物に入り、学長の様子をうかがうことにした。

身長160センチに満たない学長の小柄な身体は、ほかの野次馬学生たちに埋もれて、ときどき見えなくなる。それでも学長は黒い杖(つえ)を振り回すことで、自分のスペースを確保して、プールを熱心に見下ろした。真っ白な髪をかきあげながら、思案している。

「排水溝から出入りしているんだろうか……」

さすが、その推理。鋭い。

「そんなもの、いるはずないだろう」

突如、苦々しい低音が室内にひびきわたった。はしゃいでいた学生たちがぱっと顔を上げる。そこには芹沢理事長がいた。

「なんだなんだ。わたしもインターネットで噂を知って見に来たんだが、くだらないいたずらに決まっているだろう。何が黄桃太郎だ」

目をつりあげながらプリプリ怒っている。古田学長が近づいてたしなめるように言う。

「夢がないねぇ、芹沢くん」

理事長のほうが20センチほど背が高いので、学長はほとんど真上を見ている状態だ。

「そんなことより、今日は仕事始めだから、古田くんにも挨拶（あいさつ）してもらうから。早く部屋に戻ってくれよ」

「はいはい」

並んで歩いていく2人を目で追いながら、わたしは芳彦先輩にたずねた。

「学長と理事長って、お友達みたいですね」

「知らなかったのか？　東都大学の同期生だってよ。芹沢理事長は経済学部、古田学長は文学部史学科。部活動が一緒で、探検部だったんだってさ」

「どっちも探検部なんかに見えないですね～。でもそんな2人がここで一緒になるなんて、すごい偶然」

「偶然なわけ、ないだろ。先に理事長になった芹沢が、新しい学長を決めるときに、あの人を東京から呼んだんだ」

「あ、そうか」

わたしたちのヒソヒソ声が聞こえたのかどうか、芹沢理事長は建物を出て行く間際、こちらをギロッと振り返った。

おまえらが何か企(たくら)んでいるって、わかっているんだぞ。その目は、そう語っているように見えた。

運命の葉っぱ

「来たッ」

窓辺からリラさんが、小走りに戻ってくる。わたしは、まるで加湿器をフルパワーにしたみたいに、大きく息を吐きだした。ふぉ〜っ。

大浦准教授は、間もなくこの建物に入って、事務室の入口に来る。あと30秒くらいか。

「ほんとに、この葉っぱがあれば、だいじょうぶなんですか？」

大学案内のパンフレットのなかに挟んだ、長さ7〜8センチの緑の葉を、わたしは指差した。沖縄の友達に、リラさんが頼んで送ってもらったもの。これが、彼女の言うところの〝出会いの小道具〟なんだそうだ。だったら、何の植物の葉っぱなのか、その名前くらい知っておきたいものなんだけど……。

「平気、平気。知らないほうがリアリティ出るんだから。ただ、とにかく大切にしてるってことは伝えるんだよ」

意味がわからない。でも、うなずくしかない。なぜなら——。

「すみません、大浦と申しますが、小平真琴さん、いらっしゃいますか？」

あの人がもう、事務室の扉を開けてしまっている！　横目でちろっと見ながら、パソコンに向かうふり。最初はクールに振る舞え、というのがリラさんの指示なのだ。

「はいは～い。真琴ちゃん、お客様ですよ～」

リラさんが、わたしを指差す。ぷっ、と大浦先生が噴き出すのが見えた。なんか、ヘンなことやったっけ？

「まことちゃん、って。昔、そういうマンガがありましたねぇ。愛読書だったんで思い出しちゃいました」

先生はくすくす笑い続けている。はいはい、楳図かずお先生の漫画ね。わたしは読んだことないけど、小さい頃からよく言われました。

でも、おかげで逆にリラックスして立ち上がれた。

「小平です。すみません、そこの応接室にお願いできますか？」

大浦先生を案内しながら振り返ると、リラさんがスキップしながら給湯室に向かうところが見えた。

「後で、講義をしていただく2号館小ホールのほう、ご案内しますが、定員は120名でして――」

若干、一本調子なのが我ながら気になるが、なんとか言えている。だって話す内容を丸暗記して、昨日の夜も5回、通しで練習したんだもの。講義は5月から6月にかけて全6回行ってもらうこと、社会人だけではなく、学生の参加もOKにしたこと――。

よし、全部伝えられた。

「なるほど、わかりました。僕のほうでも、だいたいの講義テーマをまとめてきたんで、お渡ししますね。あれ、紙がないなぁ」

先生が下を向いて鞄をごそごそやり始めたので、わたしは本日初めて、安心して、真正面から彼を見た。

切れ長の目と、薄い唇。こんなに近くで見るのは初めてだから、まつげが意外に長いことを今知った。

「お待たせしました〜」

リラさんがお茶を運んできてくれた。そして、先生に気づかれないように、大学案内をウリャ！　と指差す。わかってますってば……。

「あの、大浦先生……。こちら黄桃学園大学の案内パンフになります。あまりご入用ではないかと思いますが、一応お渡しさせてください」

わたしは、パンフレットを差し出した。

「ありがとう。ん？　なんか入ってますよ」

開いたパンフから、葉っぱがぱらりと落ちた。わたしは大げさに立ち上がって拾う。

「ああっ、そんなところに。すみません、さっきから探していたんです」

「それ、どうしたんですか？」

リラさんの作ったシナリオどおりに答える。

「沖縄の友達が送ってくれたんです。ふしぎな葉っぱだから、あげるって。でもどうしたらいいのかよくわからなくて、栞代わりに持ち歩いていたんです」

さあ、このあとのシナリオはもうない。先生はどう出るの？

「その沖縄の友達、くわしく教えてくれなかったんだ？」

「は、はい……」

「これね、ハカラメだと思う」

「ハカラメ？」

「そう。正式名称、セイロンベンケイソウ。葉っぱのふちから芽と根が出てくる、面白い植物なんだ。生やすためには、持ち歩かずに壁に貼っておくといいよ」

「壁に、貼る……」

　意味がわからない。

「そう、画鋲かなんかで、押し葉の感覚で」

「で、あの、芽が出てきたら、いったいどうすれば――」

「うちにある図鑑のコピー、今度送るよ。それか、次の打ち合わせのときに、持って来る。ハカラメは南国の植物だからさ、本州のこんな寒い冬にちゃんと育ったらうれしいよね。応援するよ」

「あ、ありがとうございます！」

　まだハカラメが何物なのか、いまいちよくわからないけれど、先生の口調からいつの間にか敬語が消えているのは気づいていた。一歩、近づいた感じ。

「では、次の打ち合わせは3月末ということで。今度はわたしが先生の大学にお伺いしますけれど」

そう言うと、先生は軽やかに手を振った。

「いいんだ、いいんだ。近くに親戚(しんせき)の家があってね、そこに寄って飯食わせてもらえるから、また来るよ。ハカラメの生長具合も気になるし」

にこやかに去っていく背中に、心の中で何度も「ありがとうございましたぁ」とつぶやく。先生の大学を見に行ってみたい、という野望が潰(つい)えて、わずかに残念ではあったんだけど。

姿が見えなくなった瞬間、わたしはリラさんの席へ飛んでいった。

「ハカラメ、って植物……なぜあんなに大浦先生は反応してくれたんですか」

リラさんは、カチャカチャと華やかにキーボードを鳴らしながら、こともなげに答える。

「だって、大浦先生は、今は環境学だけど、大学のときは農学部で植物生産学を専攻していたんでしょ」

そういえば、そうだった。わたしもプロフィールは前から当然知っていた。でも、完全に意識から抜け落ちていた。それを、リラさんがちゃんと把握していたなんて。

「だから、先生は、ハカラメにあんなに興味を……」

「ハカラメだけじゃないよ。その葉っぱを大切にもっていた小平真琴にも、きっと興味をもってる」

「え！」

「ねえ、『きみに読む物語』って映画、観たこと――」

「ないです」

「これ、あたしのダーイスキな映画なんだよね。大金持ちの令嬢と、肉体労働者の男の子が恋をしてね、ある廃屋までドライブに行くの。そこがふたりにとって、特に男の子にとっては大切な想い出の場所になるのね。やがて彼らは、まわりの人たちに引き裂かれてしまうんだけど、その〝場所〟がふたりの記憶をつなぐわけ。何年たっても」

「はぁ」

「人間の心を組み立てている大きな要素って、想い出とかトラウマとか、過去のものなんだよね。今まで真琴ちゃんと大浦先生、別々の過去を生きてきたけど、今日、同じハカラメの葉っぱを共有したところから、ふたりの歴史は始まったんだよ。何年かたってこの場所で、大浦先生と真琴ちゃん、ふたり寄り添って、今日の想い出を語り合えたらいいよね～」

いいよね～、と一緒になってうっとりしかかっていたわたしだが、ハッとした。つまり、ハカラメ次第なのだ！　この葉っぱが全然芽を出さなかったり、あっさり枯れてしまった日には、想い出はむしろ軽いトラウマになる。もうふたりで語る未来はなく、歴史は幕を閉じてしまう。

そうしてなるものかっ。

先生の図鑑のコピーを待っていてはいけない。帰りに書店に寄って、南国のガイドブックか、植物関係の本か、とにかく何かハカラメを育てる手掛かりになるものを探さなきゃ、と心に誓った。

＊

壁に貼り付けたハカラメの葉は、あれから5日たつけれど、まだ何の変化もない。

しかし今日は、葉っぱばかり見ている場合ではなかった。しんと静まり返った大会議室の壇上には、芹沢理事長がいて、いかめしい顔で我々を見下ろしている。

左隣の席のリラさんは、いつも以上に姿勢をピンと正して、理事長から1秒たりとも目を離さない。

「重大な発表をさせてもらう。これはまだ外部には一切秘密の事項だから、みんな心して聞くように」

重々しい理事長の声。わたしには、それがなんなのか見当もつかない。リラさんに「なんだろうね」というつもりで目配せしてみたけれど、見向きもしてくれない。

「実は、わが大学は未曾有（みぞう）の経営危機にある」

ざわざわと、職員たちの間で小さな声が起きた。

「未曾有じゃないよね？」

「うん、だって、まだ願書締切まで2週間あるのに、去年の受験者数をはるかに超えてるもの」

そうなのだ！　学園祭のミスコンがテレビで報道されたり、黄桃太郎の噂が流れたり、そんな話題づくりがリラさんの思惑通り奏功して、受験者は大幅に増えそうなのだ。

なのに……なんで？

それが、聞こえたらしく、理事長は語気を強めた。

「受験者が増えても、どうせ県立や東京の大学や、ほかのところに受かって、辞退者も大幅に増えるに違いない。これまでの累積赤字ということもある。創立20年で、一部の建物は早くも老朽化してきた。その修繕費や維持費も、大きな負担になっている。だから――」

窓の外に降る雪の音さえ聞こえるくらいの静けさだ。

「来年度のこの時期に、大学の存廃問題を最終決議する。諸君にはあらかじめ、早めに伝えておこうと考え、今日話したわけだ」

芳彦先輩が、わたしの耳元でボソボソささやく。

「最終決議……ってことは、廃校に向けて決断をする、というふうにしか、聞こえないんだけどな」

「ですよね……」

わたしたちだけではない。前でも斜め後ろでも、ひそひそささやく声がする。みんな納得していない。創業一族の理事長に、面と向かってとやかく言うことはできないけれど。

「あの！」

立ち上がったのは、リラさんだった。そうだよ、あなたなら理事長の親戚なわけだから、なんかビシッと直球投げてあげて。

「理事長は無理やり大学を廃校にしたがっているとしか思えません」

うわ。そこまでビシッと言い切るとは。わたしが目を見開いて、芳彦先輩に顔を向けると、彼のほうは口をぱっかんと開けているところだった。しかし、壇上をきっと睨む彼女は、かまわず続けた。

「もしかして裏帳簿でもあるんですか？」

うわ。直球どころか大暴投！

闘う決意

この時期、平日は残業が続く。入試間近なので仕方がない。駅までのシャトルバスも、とっくに終わってしまっている。でも今日は、父の車を借りたので帰りは楽だ。

そこまで考えて、思い出した。そうだ、交換条件に、駅前のクリスタル電器で、電球と電池を買って帰るように言われていたのだ。

面倒だなぁ……。そうぼやきつつ、ロータリーの隅にこそっと車を停めて、駅ビルに入った。クリスタル電器はここの4階から6階を専有しているのだ。

「あれ、電球売り場ってどこだっけ」

そうつぶやいていたら、

「こちらでございますよ」

振り返ると、青い法被(はっぴ)を着た、やけに甲高い声の女性が、背中を向けて既に歩き出していた。サングラスをかけている。

でも、あのー。その背の高さといい、脚の長さといい、テキパキと歩く感じといい……バレてるんですけど。

「リラさん」

彼女はしぶとく振り向かない。

「こちらの売り場になります」

「リラさん、その法被、どこから持って来たんですかっ」

ようやく彼女は振り返った。

「レジの横に置いてあったから、ご自由にお持ちくださいってことかと思って〜」

んなわけないでしょ。放置してた店員さん、今頃必死で探しているに違いない。

「で、わたし、電球を探しに来たんですけど。っていうかリラさんは何を買いに来たんですか」

「あたしは毎月必ずパソコンの新製品を見に来てるの。真琴ちゃんは買い替え予定なし？」

「わたしはパソコン持ってなくて。必要なときは親のを借りるんです。普段はスマホだけで、全然困らないから」

「オーマイゴッド」

リラさんは頭を抱える素振りを見せた。

「とにかくカモーン」

腕をしっかと引っ張って連れてこられたのは、パソコンだらけの売り場だった。あちこちに〝超特価〟の広告が貼られている。

「リラさん、わたしは電球と乾電池を——」

「でもさ〜。いまどきパソコン、安いのもあるよん。動画配信サイトの会員になれば、映画見放題。楽しいシネマライフ♪」

レンタルショップで、DVDを一枚だけ借りた、あのときのことを思い出す。

「映画観るなら、DVDとかブルーレイとか、一枚ずつ見たいなぁ、って」

「オーッ、それはグッドアイデア。あたしのコレクション、真琴ちゃんにどんどん貸せちゃう。じゃあ、こっちこっち」

今度は別のコーナーに連れて行かれた。ハードディスク内蔵型の録画機が並んでいる。

「うち、DVDプレーヤーあるんです」

「そうなの？」

「壊れてますけど。で、父はもうどうせ見ないから、買い直す必要ない、って言って」

あきらめてくれるかな？　と思ったら、

「だったら、こっちこっち」

リラさんは、軽やかにレジの反対側のコーナーへわたしを連れて行く。

「え、なんですか、これ」

「ここ、ポータブルのブルーレイディスクプレーヤー売り場でございます〜。これなら、お父さんお母さんの視線も気にすることなく、部屋で何時間でも映画が観られますよ」

懲りない人だ。いや、でも、正直ちょっとびっくりした。意外と安い。

「買いませんか買いませんか。観てほしい映画があるんだよね〜」

「そんな、いますぐってわけには」

リラさんが、ぐずん、と洟をすするふりをする。

「じゃあ〜仮にどれかひとつだけ選ぶとしたら？」

「うーん」

乗せられていると思いつつ、わたしはひとつひとつの機械をチェックしはじめた。値段、画面のサイズ、重さ……。音質は別にこだわらないから、どうでもいいや。

「これかなぁ」

画面が大きめのプレーヤーを持ち上げて見せたら、

「あれ？」

リラさんはもういなかった。乱暴にたたまれた法被が、棚の隅に置いてある。

また振り回された……。脱力しつつ、ふと思う。リラさんが観せたかった映画って、いったいなんだろう。

＊

次の日、就業時間を過ぎて、わたしがデスクの上を整理していたときだった。リラさんに呼ばれた。

「今から、芳彦くんもいっしょに構内で映画観るから」

え。大学のなかで？　芳彦先輩が言う。

「家で観るんじゃダメなわけ？　みんなでこれからうちに来てもいいよ」

　でもリラさんは首を横に振った。

「大学で観たいの。気合いを入れるためにね」

　昨日、自分がクリスタル電器でオススメの品を買わなかったせいで、職場で観ることを思いついたのかもしれない。わたしに、強制的に映画を観せるには、それしかないから。にしても、いったいなんの気合いだ？

　入試前で、残業している職員が多い。そんななか、のん気に映画なんて観ていたら、顰蹙（ひんしゅく）を買わないだろうか。

「だいじょうぶ。ある意味、一番安全なところで観るから。だれにも目撃されないよ」

　廊下の突き当たりを曲がった奥の部屋。鍵（かぎ）を取り出したリラさんを見て、わたしと芳彦先輩は思わず、その手を押さえてしまった。

「ま、まずいでしょ！」

　リラさんが開けようとしている部屋は、なんと理事長室ではないかっ。敵陣の本丸。わたしがここに入ったのは今まで一度か二度か。とにかくぺーぺーの職員が、気安く立ち入れる場所ではないのだ。

「平気よん。今日と明日、理事長は東京出張で、秘書も同行してるから」

「でも他の人に見つかったら——」

「知ってるでしょ？　みんな理事長室には近づかない。勝手に入ったら、怒られるからね」

「だったら——」

我々が入るのは、なおさらまずいではないか。

「だからこそ！　ここで観るの。敵地で気合いの入った様子で、語尾の間延びした感じが消えている」

いつになくリラさん自身、気合いを入れるの」

る。押しきられて、わたしたちはおずおずと部屋に入った。南館の旧理事長室の、木目調のテーブルやソファセットとは違って、モノトーンで統一されたクールな内装だ。

前に来たときは気づかなかったが、テレビがデカい！　何型なのだろう、横幅はちょうどわたしが両手を広げたくらいの長さがある。

リラさんがDVDをセットした。

「どういう映画」

『ファーゴ』というタイトルを見ながら芳彦先輩が聞く。

「コーエン兄弟が作った映画でね……ってそんな蘊蓄は後でいいよね。とにかく観て」

わたしは目を凝らした。もしかして、理事長の言動を読み解く手掛かりのある内容なのだろうか——。

たしかに、一面銀世界の風景は、ここ黄桃市とよく似ている。でも、そこから先が似ていない。だって、偽装誘拐事件が本当の殺人事件になっちゃって、それを女署長マージら警察が追いかけるっていう話なんだもの。

面白い……けれど、だんだん怖くなる。マージが深入りするのが心配で、やめといたら？　とハラハラしてしまい、リラさんの顔を見る。でも、彼女は目を合わせてくれなくて、食い入るように観ていた。あっという間の1時間半。

「あたしがどうしてこの映画を観せたかったかっていうとね。マージが世界一カッコいい女刑事だから。大切なものを背負いながら、命をかけて悪いやつを追い詰める。みんなにマージと同じ覚悟をもって、闘ってほしいと思ったわけ」

「え……」

思わず芳彦先輩の顔をちらりと見てしまった。視線が合う。彼の目にも動揺の色がうかがえる。

「あの、リラさん……。わたしたちがやろうとしてることって、そんなにキケンなことなの？」

「気がついたでしょ？　理事長のこないだの宣言。入学志願者が増えているっていうのに、廃校を検討している。何か、理由があるはずなのよ」

「金がらみか」

プライドが動揺に勝ったのか、落ち着いた様子で芳彦先輩が、むぅ、と腕組みした。

「ありうる」

わたしはその輪に、すぐには入っていけない。

「あの……でも反対したら命狙われたり、みたいなことは、ないですよね。映画じゃないもんね？」

　リラさんが硬い表情で答える。

「わかんないよ。あの人たち、悪事を隠し通すためには何やらかすか、わからない。すぐに殺すのどうのはなくても、解雇されるかもしれないね。清華ちゃんを今日呼ばなかったのは、学生のあの子までは巻き込めないって思ったからで」

　ひぃぃ、そうなの⁉　イヤだ。わたしも清華ちゃんと同じ学生に戻りたい。廃校になって職を失うならまだしも、懲戒(ちょうかい)解雇なんてなったら、こんな狭い街だもの、ウワサになってしまう。まして命なんて狙われた日には！　ごめんなさい、わたしは小市民なんです。

「だったら、どうすればいいんだよ？」

　芳彦先輩の問いに、リラさんは答えた。

「味方をつくろう。短期講座をやることで、教務部にも味方ができた。そういうふうに、仲間を増やすの。そっちは真琴ちゃんの役目ね」

「え、あ、はい」

「一方で、理事長が何をやろうとしているのか、裏にどんな悪事があるのか、それを芳彦くんに調べてほしい」

　こっくんと、先輩のノド仏が動いた。

「わかった。こないだ、あんたのつるし上げに理事長はとぼけてたけど、本当に裏帳簿があるかもしれないよな。経理課のほうに探りを入れてみる」

「あと、理事長室の合鍵、あげる。この部屋のなかに秘密が隠されてるかもしれないし」

鍵を受け取りながら、芳彦先輩が聞く。

「で、あんたは……？」

「わたしは、情報収集して、それを伝えて、みんなのハブになる。南館に本拠地を置こうと思うんだ」

「おじいさまのお部屋、ですね」

「そう、あたしはたとえ何をされても、芹沢理事長の好きにはさせない。命に代えてでも」

イヤだ。命って言わないで。やっぱりコワイ。『ファーゴ』の女署長にはなれない。ああいうのは二次元のなかだけでいい――。

ぷるぷるっと震えたら、リラさんが、

「なーんちて」

にんまり笑った。

え？ どういうこと。

「いや、みんなにリアリティ感じてほしくて、ちょっとやりすぎちゃったかな～。真琴ちゃん、マジメだよね～。さすがに命とられるなんてこと、あるわけないでしょ」

「リラさん……」

へにゃへにゃとしゃがみこんでしまいそうだ。

「とにかくタイムリミットは今年の夏くらいまでかもしれない。みんなよろしくねん♪」

何がよろしくねん♪だ。またやられてしまった……。

2時間理事長室にいるほうが、20時間デスクワークをするより疲れる。よろよろと事務室に戻ったわたしは、なんとなく壁に目を向けて、それからシャキーンと姿勢を正した。

大変だ。

壁に貼り付けておいたハカラメの葉っぱの端から、いつのまにか、細い糸みたいな根っこと芽が、ニョロニョロ出てきているではないか！

謎の入口

夢みたいだ……。

大浦先生の右手の指とわたしの左手の指が、同じ葉っぱをつまんでいる。その手に触れてみたいけれど、あと7センチの距離がどうしようもなく遠い。そして、近づきたいと思っているのはわたしだけで、大浦先生のほうは、ハカラメの生長の度合いを確かめることに熱中している。

「これ、芽と根がじゅうぶん伸びてきたね」

「はい」

ハカラメとは、つくづく奇妙な生き物だ。一枚のぺらりと大きな葉っぱのふちから、まるでもやしのひげみたいな、ほそい根と、それから小さな小さな緑の葉、つまり芽が生えてきている。

「もうそろそろ切り取ったほうがいいみたいだね」

「切り取るんですか？」

実は、買った植物図鑑を読んだから知っている。芽と根の出た部分をちょきっと切って、植木鉢に入れるのだ。そうすると、本格的に芽が伸びて、根っこも土中に広がっていく。

でも、その説明は、大浦先生にしてもらいたかった。

「へえ、そうなんですか」

初めて聞いたような顔をして感心していたら、お茶を運んできてくれたリラさんが、にやりと笑って去っていった。

「小平さん、もしかしてもう植木鉢、買った？」

「いいえ。どんなのを買ったら……」

アドバイスにしたがって、今日、帰りに行こうと思っていたのだ。

「多分まだだろうなと思って、僕、持ってきたんだ」

「え！」

「ほらこれ。準備いいでしょ」

彼は紙袋から、小さい茶色の植木鉢を取り出した。もう土も敷いてある。

「す、すみません！　あの植木鉢のお金……」

「いや、とんでもない。うちはけっこうジャングルでね。余ってる植木鉢、ざくざくあるから。大きくなったら植え替えなきゃいけないけど、そのときもうちから持ってくるからね。黄桃市くらい寒いとこで、ハカラメが育つとほんとうれしいなぁ」

ふと我に返る。そっか、植木鉢はわたしへのプレゼントじゃなくて、ハカラメへのものなんだね。

「どうしたの？　小平さん、なんか元気ない？」

気がついたら、彼は土に穴を掘る手を止めて、こちらをじっと見ている。

「あ、あの……」

ちょっとハカラメちゃんに嫉妬してました、なんて間違っても言えない。

「実は、うちの大学の経営状態があまりよくないみたいで、いろいろ心配なんです」

言ってしまってから、焦った。これ、外部の人に話してよかったんだろうか。そういえば理事長、内密に、って話してなかったっけ……！

まずいまずいまずい、と、ますます元気ない顔になってしまったらしい。

「大学は今、どこも苦しいみたいだよ。地方だけじゃなくて東京でもね、どんどんこれから淘汰されていくんじゃないかなぁ」

やさしい声につい甘えてしまう。

「じゃあ、うちも潰れちゃうんでしょうか。みんな、頑張っているのに」

「この短期講座が話題になれば、大学の人気も上がるかもね。任せとけ！　なんてね」

「すみません、お願いします。はい、わたしも頑張ります」

そうだよ、今できることを頑張るしかない。

ハカラメもちゃんと育てなきゃ。南国の植物だから、夜、気温が低くなる大学よりも、家に持って帰ったほうがいい。暖かいリビングに置いて……あ！　加湿器を買わなくては。

大浦先生が帰ったあと、にやにやと植木鉢を見つめていたら、リラさんに後ろから羽交い締めにされた。

「幸せそうだねぇ～」

「あ、あの……」

わたしは、大浦先生にうっかり話してしまったことを告白した。

「別にいいんじゃない？　むしろ少し広まっちゃったほうがいいかも」

リラさんのあっさりした返事にホッとして、わたしはもうひとつ、実は密かに気になっていたことを聞いてみた。

「わたしのことばかり気にしてもらって、あの、リラさんは、日本に帰ってきてから好きな人とか……。そりゃリラさんはストーリーを作るプロだから、自分のラブストーリーも自分で作るんでしょうけど」

「前に言ったこと、なかったっけ」

「え？」

「あたし、人の物語は作れるけど、自分のことになると全然ダメなの」

「今でも国際片想いの人のこと……」

「どうやって断ち切るかとか、前に進むか、とか、自分じゃわかんないんだよね～。せいぜいできることといったら、ヤケ食いくらいかな～」

リラさんの、あの猛烈な食欲は、そういうことだったのか。アメリカナイズされた胃袋だ、なんて思ってごめんなさい……。

「じゃあさ、よかったら真琴ちゃん、考えてくれない？」

「え？」

「あたしのこれからのラブストーリー」

「ええッ」

「映画ってね、ターニングポイントっていうのがあるんだよね。たとえば『イン・ハー・シューズ』っていう映画の場合はね、前半で妹はお姉ちゃんにさんざん迷惑かけるわけ。迷惑どころか裏切っちゃう、くらいの仕打ち。だけど、後半になって妹は、お姉ちゃんに何をしてあげられるか、っていうのを考えるようになるんだよね〜。いや、決して真琴ちゃんが、その妹みたいだって言ってるわけじゃないんだよ。ただ、視点の問題ね。今まではあたしが真琴ちゃんのストーリーを考えてきたから、これからは逆に……どぉ？」

わたしが、リラさんの恋のストーリーを……？　絶句していると、

「あ、今日のアフターファイブは、南館集合ね」

リラさんはニコッと笑って、立ち去ってしまった。

＊

遮光カーテン＋ブラインド。これで薄暗い室内灯の光は外にほとんど漏れないだろう。せっせと掃除機をかけたおかげで、南館の旧理事長室は、かなり居心地のいい空間に

なっていた。できることなら、掲示板の貼り換え作業をサボって、ここで昼寝したいくらいだ。

「秘密基地って感じだな」

芳彦先輩が、少年の顔に戻っている。メンバーはあと、リラさんとわたし。南館は現在閉館していて、学生は出入りできないから、清華ちゃんは呼んでいない。春休みになっている、ということもあって、彼女は前ほどは姿を見せなくなっていた。

だいじょうぶ、あとは職員のわたしたちに任せて！と言いたいところだが正直心細い。そんな不安など気づかない顔で、リラさんは張り切って歩き回りながら言った。

「まず、ここでやる最初の活動。これ、真琴ちゃん、中心になってもらうからね」

「えっ」

次はどんな無理難題が降って来るのか。

「黄桃太郎のキャラクターグッズを作って、購買部で販売することにしようと思うの。総務部の正式な事業として」

「ええっ？」

「真琴ちゃん、制作部長、どぉ？」

「は、はい！」

こういう楽しい仕事なら、大歓迎だ。もっとも、グッズをどうやって作るのか、具体的な方法はまったく知らないけど。あ、でも総務部の部長はこれ、知っているのだろうか。

「もちろん、部長も承諾済み。彼も最近、理事長に不信感をもってるんだよね。だから、廃校なんかにできないように、新規事業をどんどん盛り上げていこうって。グッズは携帯ストラップと付箋(ふせん)とメモ帳あたり、まずはどうだ？　って提案までされちゃった」

「黄桃太郎のストラップか。いいね、オレはつけるよ」

芳彦先輩はいったんそう言って笑ってから、すっと真顔になった。

「オレのほうの話もいい？」

「座って話そ」

ソファに座ったリラさんが、芳彦先輩の腕をぐいと引っ張った。

「わっ」

焦った顔で、先輩はリラさんの真横へ倒れこむように座る。

「どうだった？　経理部のほう」

「それがさ、裏帳簿めいたものは、いまんとこ見つからないんだよな」

落ち着きを取り戻した先輩が、ひそひそとリラさんの耳元で話す。なんだかいい雰囲気だ。わたしはオジャマだな。じわじわ扉のほうへ向かう。本当は、あまりややこしい話を聞きたくない、というのが一番の理由なのだが。

そうっと廊下に出てみた。南館の換気はときどきするけれど、1階の理事長室と2階・3階の教室だけで、地下には行ったことがない。そういえば、どんな部屋があるのだろう。

わたしが今ほしいのは、キャラクターグッズを製作する秘密の部屋だった。デザイナーさんと打ち合わせをしたり、デザインの下書きを何枚も並べたりするスペースがほしい。地下なら夜に電気をつけていても、誰にも見咎められなくて助かる。

コツコツコツ。階段を下りる自分の足音が、妙にひびく。平気平気、と自分に言い聞かせた。すぐ上のフロアで、リラさんたちが打ち合わせをしているんだから。

階段を下りきってスイッチを押すと、廊下のライトはちゃんとついた。ホッ。

「あれ？」

妙な光景が目の前に広がっている。廊下のつきあたりに、土がこんもりと盛られているのだ。おそるおそる近づくと、その部分の床材がはがされ、大きな穴が掘られていた。ハシゴが掛けてあって、奥がどうなっているのか見えない。でも、その深さは5メートルくらいはあるようだ。

なんの、穴？

「リラさぁ〜ん、芳彦せんぱーい。こっちですよぅ」

意味不明なことをしゃべりながら、わたしはじりじりと後ずさりした。すぐそばに仲間がいるということを、アピールしたかったのだ。誰に対して？　この穴を掘った誰かに対して。

元通り電気を消すと、2段抜かしで階段を駆け上がって1階に向かった。3段抜かししようとしたら、股関節が悲鳴をあげた。わたし自身が悲鳴をあげたいよ。

やっと1階に着いて、旧理事長室に駆け戻ろうとしたそのとき、今度はこのフロアの異変に気づいた。

「ここでいったい何をやっているんだ」

怒鳴り声が中から聞こえる。芹沢理事長だ。

「何って、別に何も」

リラさんのとぼけた返事。

「わたしの姪だからって、甘えて何をしてもいいというわけではないんだ」

「別に姪だという意識はないもの。血、つながってないし」

リラさんの挑発的な声に、理事長は一瞬押し黙った。そして言う。

「とにかくここを出て行きなさい」

「どうして？　ここを月2回、換気するのは総務課の仕事なんですけど」

「まだ伝わってなかったのか？　その仕事は校務員が引き継ぐことになっている。おまえたちはもう、この建物には入るな」

「どうしてですか」

「老朽化していて危険だからだ」

「老朽化？　たった築20年で？」

ここからは見えないけれど、激しくにらみ合っている2人の図、が容易に想像できる。

「わかりました。すぐ出ます」

いたたまれなくなったのだろう、あわてて芳彦先輩が言う。彼らが出てくる前に、わたしは一足早く南館を脱出した。木陰にひそんでいると、憤然とした顔のリラさんが出てきた。彼女に近づいて、耳元でささやく。

「理事長の秘密は、きっと南館の地下にあると思います」

リラさんが、わたしの耳たぶをひっつかんで、引き寄せた。

「そうなの⁉」

あの……イタイ。

オタクか情熱家か

待ち合わせ場所のロータリーに着くと、真紅のコートを着たリラさんが、派手に手を振り回している。そんなに目立たなくても、ちゃんと気づきますって。わたしは急いで車を寄せた。

「高速乗って、海のほうへ行ってね」

リラさんが言う。まだ行き先を教えてもらっていない。とにかく「土曜日の午後に車を出して」としか言われていないのだ。ここのところ、入試・合格発表と事務作業が多忙をきわめていて、職場でもろくに話すことができなかった。

「あの、場所、どのへんですか。ナビに打ち込みますけど」

「あ、そうだね。じゃあ、海都大学って入れて」

「えええっ」

海都大学といえば、大浦准教授がいるところではないか！

「お～い、真琴ちゃん、ハンドルから両手離れてる～」

ハッ。あわててギュッと握った。リラさん、いったい、どういうつもりですか。

「あの、なんで……」

自然、アクセルを踏む力が弱くなって、車は減速している。でも、そんなことはおかまいなしにリラさんは、ナビに打ち込んでしまった。

「目的地点まで、47キロです」

さっそく音声ガイダンスが流れ出す。

「もちろん、大浦先生に会いに行くためじゃない？　どんな研究室か、興味ない？　あたしたちの大学で短期講座やってくれるんだから、向こうを見学に行くのはなーんにもおかしいことじゃないわよん。あたしだって興味あるしぃ」

「いや、でも、突然押しかけたら……」

「大丈夫！　ちゃんと昨日メール送っておいたから。土曜日に遊びに行きます、って。ちなみに真琴ちゃんのメールボックスから」

「ええっ。そんな勝手に〜っ」

「ちょうど向こうの入試も前期日程が終わったところで、今日はヒマみたいだよ〜」

そ……そうなんだ。ようやく受け入れる余裕ができた。そう、リラさんのおっしゃるとおり。わたしは前から大浦先生の研究室を見てみたかった。

47キロなんてあっという間だ。高速を降りてしばらく走って、灰色の海が丘の先に見えてきたところで、巨大なキャンパスが現れた。

「環境学部は、正門から入って左奥だって」

うちの大学は入口に駐車場があって、あとは徒歩なのに、海都大は広い車道がキャンパスのなかに張り巡らされている。

「ここみたいだね」

リラさんは、第5研究棟という建物にさっさと入っていく。先生の研究室は1階だった。というか、1階には先生の研究室しかない。

どきどき……。

「いらっしゃい！」

白衣の大浦准教授がさわやかに出迎えてくれた。

「こここんにちは」

目が上下左右あちこちチェックしてしまう。数秒で把握したのは、とにかく植物だらけだということ。

「ワ～ォ！　すごいですね」

リラさんも、きょろきょろ見回している。

先生の部屋が1階である理由が徐々にわかってきた。窓の外はミニ菜園になっていて、一角には温室があり、その向こう側には風車がくるくると回っている。

なんで来たの？　ご用件は？　と詰問されたらどうしよう、と不安だったが、先生は別に気にしていないみたいだ。そういえばうちの大学でもそうだが、研究室って、学生がよく出入りしたりして、突然の訪問を先生はさほど驚かないものだ。

「先生も、ハカラメ、育ててらっしゃるんですか？」

わたしがあたりの緑を見回すと、彼は首を振った。

「ううん、残念ながら。小平さんのが大きく育ったら、葉っぱもらいたいな。いい？」

「も、もちろんです！」

「今、僕が凝ってるのはね、チランジア。知ってるかな？　エアープランツっていう言い方もよくされているんだけど」

俄然、先生の声が熱を帯びてきた。

「いえ……」

「チランジアはパイナップル科の植物で、もともと熱帯のものなんだ。だから基本的に乾燥に強くて、育つのに土を必要としないんだよ」

「へえ」

このへんまではたしかに興味があった。でもそこから、先生の話は、チランジアのさまざまな種類だとか原産地だとか、花のかたちとか葉のかたちとか、どのくらい生長するとかどのくらい水をやるとか――。

「これは、チランジアの一種で、マグヌシアアナ。こっちはプンクツラータ。グァテマレンシスもかわいいでしょ。レイボルディアナが今、一番のお気に入り」

って次々、名前を言われても、それは耳をスルーしてどこかに行ってしまう。

「実はチランジアってまだまだ新種があるとも言われていてね――」

先生の研究室を見に来られて、たしかに感激だ。感激なのだが……。

リラさんが先生に話しかけたのを機に、わたしは庭のほうへ出た。くるくるまわる風車は、電力を貯めて、先生の電動自転車を動かす役割を果たしているのだそうだ。さすが、環境学者。しかし……。

帰りがけ、チランジアをひとつ渡された。

「よかったら、ひとつ育てない？」

どうしよう。今、ハカラメで手一杯なんですけど。元来、植物ってあんまり得意じゃないし。

車に乗り込むとさっそく、

「どうだった～？　今日の感想。おみやげまでもらっちゃって～。恋の小道具、また増えたね」

リラさんのように、はしゃげない。

「あの……。なんていうか、わたしのなかの先生のイメージ違ったかもしれないです」

「え～、どういうこと」

「もっと、クールでシャープな環境学者っていう印象で。うちの大学に来てくれたときはそういう感じだったんですけど。今日話してたら、なんていうか……」

その先が言いづらいのだけれど、思い切って続ける。

「要は植物オタクっていう気が。なんかちょっと、ついていけないと思って」

ふうむ、とつぶやいてからリラさんは言った。

「『息子の部屋』っていうイタリア映画があるのね」

最近リラさんは「知ってる？」とは聞かなくなった。

「家族同士、すれ違いがありながらも、円満だったのに、ある日息子が海の事故で死んでしまう。お父さんとお母さんと、その子のお姉さんは苦しむわけ。『こういうことをしておけばよかった』とか『あの子は何を考えていたんだろう』とか。いくら考えても、もう彼は生き返らないんだから、せつないよね」

リラさんが、ぽぽんとわたしの肩を突いた。

「それに比べたらさ、大浦先生は生きてるんだから」

「は……」

「植物オタクかもしれないし、極端な環境論者かもしれないし、アニメ好きかもしれないし、巨乳好きかもしれないし。でもとにかくお互い生きてるんだから、少しずつ知ればいいじゃない？　好きだと思ったその直感は、簡単に捨てないほうがいいよ」

「はい……」

巨乳好きだったら、あきらめるしかないなぁ、なんて余計なことが頭をよぎる。

「運命の人って、神様が決めるんじゃなくて、きっと自分が決めるものだからね」

わたしはにわかに緊張した。「そういえば、あたしのラブストーリー考えてくれた？」と、こないだの話を蒸し返される気がして。

いや、ごめんなさい。まだ何も思いつかないんです。あの映画みたいな、と説明したくても、観た作品がほとんどないし。わたしって今までの人生で、何本の映画を観たんだろう。10本？　20本？

しかしリラさんは、その話を振ってこなかった。

「ラジオつけるねー」

わたしの知らない洋楽を聴き始めて、ふんふんと一緒に歌っている。リラさんはきっと「真琴ちゃんには考えつくわけがない」と思っているんだ。そして、それは正しい。

リラさんは待ち合わせしたのと同じロータリーで、降りていった。

「じゃあ、また明日。3時に清華ちゃんの家ね」

結局リラさんは、大浦先生と何を話していたのか、教えてくれなかった。わたしがミニ菜園や風車を見ていた間、かなり話しこんでいたみたいなのに。

もしかして、自分が思っている以上に、距離ができてる？

英語しかしゃべれない人と日本語しかしゃべれない人が、意思疎通するのは大変なように、映画語を理解しないわたしは、すっかり取り残されてしまったのかもしれない。

特にこないだ、パソコンやブルーレイディスクプレーヤーを買うのを、断って以来。

別にどうでもいいんですけど。

と、ちょっと前なら思っていたけれど、やっぱりくやしい。職場に仲良しこよしのお友達なんていらないし、と前なら思っていたけれど、今は見捨てられたくない。

ロータリーから駅ビルを見る。クリスタル電器の「大安売り！」の横断幕がはためいていた。

んん。行って……みるか。

目立たないところに車を停めて、わたしはビルに向かった。一番いいなと思ったポータブルブルーレイディスクプレーヤーは、たしか二万円台だったっけ。立ち止まって、財布の中身を確かめた。

＊

「一度うちにも来てくださぁい」

清華ちゃんが前からそう言っていたので、彼女の家で密談をやることになった。清華ちゃん似のふくよかなママに会ったわたしたちは、服装まで遺伝なのだということを知った。ふりふりのフリルのついたイチゴ柄のワンピースを着たママは、

「まぁぁ！　清華がいつもお世話になっていますぅ」

と、声を弾ませた。そして、芳彦先輩が挨拶（あいさつ）したときだけ、ちょっと伏し目がちになった。もしかしてこれも遺伝で、ママも彼のことが気に入ったんだろうか。昔の清華ちゃんみたいに、追っかけを始めないといいけれど。

ピンクと紫とオレンジの小花を散らしたカーテン、布団、絨毯（じゅうたん）。清華ちゃんの部屋は、軽く眩暈（めまい）がするほど乙女度が高い。大切に育てられたお嬢さまだということが、びしびし伝わってくる。

リラさんは、清華ちゃんのクロゼットから花柄のショールを見つけて、勝手に肩に巻

きながら言う。

「真琴ちゃんが発見してくれた、例の南館の地下でやってる工事みたいなやつ。もしかしたらリゾート開発の地質調査かもしれないって」

「ええっ」

「誰がそんなことを」

芳彦先輩と清華ちゃんが驚いた顔で言う。わたしにはわかった。

「昨日、真琴ちゃんと海都大学の大浦先生にお会いしてきたの。環境学の先生なら、そういう開発計画も早くキャッチしているかと思って。黄桃市に、スパとアウトレットを併設した巨大ショッピングモールを建設する計画はたしかに持ち上がっているらしいんだって。それも、大学跡地なら、既に土地を切り開いてるから、開発が楽でしょ」

「そういうことか……」

芳彦先輩がけわしい顔をしている。たぶん、わたしも眉間に皺が寄っている。でもそれは、理事長に腹を立てているわけではなく、誰かに八つ当たりしたい気分で。

だって、リラさんがそんな用向きで大浦先生のところに行ったなんて、思いつきもしなかった。わたしは植物と風車ばっかり眺めてて、なんかバカみたい。

「みんなでこれから、情報の裏とって、闘うしかないな」

芳彦先輩が言うと、清華ちゃんがふいに立ち上がって、頭をぺこりと下げた。

「ごめんなさい。わたし、これからは前みたいにみんなと一緒にいられないかも」

「ど、どうして」

思わず声をあげてしまった。

「実はわたし、アメリカに留学するつもりなんです」

「いつ！」

「半年後。今年の秋から」

え。えええ〜〜〜!!!

芽生えた疑念

「清華ちゃんが、留学を考えてたなんて、知りませんでした。学生って気がつかない間に、大人になってくもんですね」

わたしは上目線な言いかたをして、自分のショックを押し隠そうとした。

「そうだねぇ」

リラさんがそう答えて、植え込みの向こうの南館を見下ろす。

わたしたちは、西館の2階に来ていた。先日、理事長に怒鳴られて、南館の旧理事長室への出入りを完全に止められてしまったので、ここから様子をうかがっているのだ。

この30分の間には動きはない。

「さっきから、真琴ちゃん、ため息ばっかりついてる」

そう言われて、ギクッとした。言葉で取り繕っても、元ストーリーアナリストのリラさんには、あっさり心理を読まれてしまったらしい。仕方ない。正直に告白することにした。

「せっかく仲間ができたと思ったのに、なんか寂しいんですよ。この黄桃市から、遠く羽ばたいて行っちゃうなんて。TOEFL受けてたことも知らなかったし。カリフォルニアで映画の勉強したいっていうのも初耳で」

「あの子、映画が好きだもんね」

「リラさんに影響されたんですね」

あーあ、わたしに影響される人間なんて、この世にひとりもいないと思うと、ムナシイ。

「一生、黄桃市から出られない自分が、キツイです」

「あ～ら、あたしがいるじゃな～い？」

リラさんが、わたしの首にぐるんと手を回す。ぐるじ。手加減してください……。清華ちゃんのことだけじゃない。わたしがなんとなく取り残されたようなキモチになっているのは、別の理由があった。

リラさんだって、今のままじゃいけない。

そう伝えようと決めたのに、いざとなると口が重くなってしまう。リラさんも清華ちゃんも、自分の日常からいなくなってしまったら……。

「リラさん、前、言ったことありますよね」

「何だっけ」

「自分のラブストーリー、思いつかないからわたしに考えてほしい、って」

「言った！　もしかして考えてくれたの？　ねえ、師匠師匠。教えてくださ～いッ」

首に手をかけたまま、わたしの顔をのぞきこむようにしてリラさんが顔を近づける。

「手を放してくれたら、言います」

「はい、師匠！」

リラさんはそう言って、シュタッとすごい勢いで床に正座した。

「あの、リラさん」

「お話を拝聴するんだから、ちゃんとしなくっちゃ」

ぴしっと姿勢を正しているリラさんを立ち上がらせるのは時間がかかりそうなので、仕方なくわたしはそのまま話を続けた。

「前に『きみに読む物語』っていう映画が大好きだと言ってましたよね？」

「言いましたッ」

「あれ、わたしも観てみたんです」

「え、真琴ちゃん、もしかしてDVDプレーヤー、買ってくれたの？」

「か……買ってませんよ」

なぜだかわからないけど、ウソをついてしまった。もうしばらく秘密にしておきたい。少なくとも清華ちゃんや芳彦先輩の〝映画語〟のレベルに追いつくまでは。

「ふうん。で、どうだった、どうだった？」

「いいお話だと思いました」

「でしょー！」

「あれは、〝決してあきらめない物語〟ですよね」

「そうそうッ」

「ってことは、リラさんも、まだあきらめたくない、って内心思ってるはずなんです」

「え……」

テンションの高かった彼女が、急に当惑したような顔で、わたしを見上げる。何もかもパーフェクトなリラさんに「自分自身のラブストーリーが作れない」なんて弱点があるとはいまだに信じられない思い。でも、話を続けた。

「国際片想いしていたアメリカ人のカレ、って過去形にしていたけど、本当はそうじゃなくて、今も好きで、きっとまだ会いたいはず。違いますか？」

「えーっとぉ……あのね……うーん……でも、もうムリなんだよね」

「どうしてですか？」

「だって……だってさ、日本に帰ってきちゃったわけだし」

「多分、売り言葉に買い言葉でリラさん、衝動的にそうしちゃったんじゃないかと思うんです。わたし、リラさんと半年ずっと一緒にいて、感じましたもん。とっても行動的な分、ときどき考えるより動くほうが早くて、それで、よく考えないうちにアメリカから帰ってきちゃったんじゃないですか」

ピシッとしていた背筋はいつの間にか、くにゃっと曲がって、リラさん、うつむいている。

「そう……なのかも……しれないなぁ。でも、もうどうしようもないよね」

「そうでしょうか。わたしはそう思いませんけど」

きっぱり言い切った。おずおずと、リラさんが顔を上げて、わたしを見る。

「リラさんは、もう一度アメリカに戻って、その監督さんと話をしたほうがいいと思います」

「でも――」

「だって、自分でわかってますか？　リラさんは、大切な相手と大切な仕事と、両方いっぺんに失っちゃったんですよ」

「うん……」

「どうしてわたしが、キャラクターに似合わず、いつになくこんなに力説するかわかってもらえます？　わたしは、もともと何にも持ってなかった。仕事は別に好きじゃないし、恋人もいないし。どーでもいい毎日だったんです。けど、リラさんのおかげで大浦先生に出会わせてもらって。正直、軽く引いちゃったときもあったけど、でもリラさんが言ってくれたおかげで、ハカラメの生長度合いのことメール し続けているうちに、植物をこんなに愛する人なら、きっと人間のことだってすごく大切にしてくれるんだろうって、気がついて。まだ何の進展もないけど、それでも、家を出るときの空気の冷たさとか朝日の差し込んでくる感じとか、そういうのが楽しくて楽しくて。片想いって、一生そのまんまじゃいけないんだな、ってわたし教えてもらったんです、リラさんに」

もはや彼女は返事すらしなくて、うつむいて何度も何度もうなずいている。

「また会える希望があるから、片想いって成立するんだと思います。もう二度と会えないなら、相手が全然その気がないなら、きっぱりあきらめたほうがいい。そうじゃないですか？」

「そう……だね」

「だから、リラさんは、その人と会って、決着つけたほうがいいんです。アメリカに行ってください。有休とって。その間、総務課はわたしがちゃんとやりますから」

「ありがと。真琴ちゃん、あたしのためにいっぱい考えてくれてありがとね」

　ほんとですよ。いっぱい考えました。

『きみに読む物語』だけじゃない。レンタルビデオ店の〝おすすめ恋愛映画コーナー〟に並んでいるブルーレイは、ほとんど全部借りたのだ。リラさんには言わないけれど。なんとなく愛をひきずったまま始まって、ひきずったまま変化なく終わる映画なんて、ひとつもなかった。ヒロインは必ず、変化する。もちろん、ハッピーエンドに向かっていくとは限らないのだが。

「言うとおりにする。わたし、彼にメールを送ってみるね」

　リラさんが約束してくれた。

＊

　入試の合格発表が終わると、ようやく梅の花が見ごろになってきた。もうすぐ春が来るんだなぁ、と思うと、実際はまだ寒いのにちょっと薄着をしてみたくなる。

大学内の「理事長VS職員たち」の雰囲気は相変わらず険悪だけれど、それでも心がなんとなく弾んでいるのは、気温のせいだけじゃなくて、ハカラメのおかげだ。

暖房の利いた部屋に置いているおかげか、この1ヶ月の間ににょきにょきと葉をのばしてきた。植木鉢をひとまわり大きなサイズに替えなくてはいけないのも、そう先のことではないのかもしれない。

日曜日の夕方、そんなことを考えながら、わたしは車を走らせていた。また父に頼まれて、駅前のクリスタル電器で電球を買って、ついでに行きつけの洋服量販店「ハマナス」で、部屋着を見ようと思ったのだ。駅前の商店街はゴミゴミしているので、スピードを落とした。そのとき、

「え？」

吸い込まれそうな勢いで、コーヒーショップのなかを凝視してしまったせいで、あと数センチのところで街路樹に接触するところだった。

な、な、何あれ。

Uターンして戻ってくるか、路駐して、様子を見に行くか迷う。

焦っちゃダメ。見間違いの可能性もあるもの。

その一方で思う。わたしが彼らを見間違うはずがない。

「どうして……？」

結局、Uターンする時間さえもどかしくて、路駐してコーヒーショップに忍び寄る。

ちょうど2人とも立ち上がりかけて、上着を羽織っているところだった。

2人。

リラさんと、大浦先生。

いったい何の話をしていたんだろう。彼らが店から出てきたので、わたしはあわてて、脇の細い路地にすべりこみ、そこから顔をのぞかせた。どこへ向かうのか。尾行なんて、人生で経験したことない。

「ねえ、よく行くイタリアンのお店があるんだけど、そこ、どう?」

リラさんのよく通る声が、ひびいてくる。

「いいよ、行こう」

「やった、大浦先生、素敵！　おなかすいた！」

わたしは立ち止まった。胸がぎゅうっと圧迫されて。苦しい……と思ったら、呼吸をするのを忘れていた。

追い討ちをかけるように、リラさんが大浦先生の腕を摑んで、

「こっちこっち」

と楽しげに引っ張っていくのが見えた。

2人は間もなく視界から消えた。

*

わたしは、「ハマナス」をやめてレンタルビデオ店に入った。今日観たいのは、恋愛映画じゃない。〝ヒューマン映画コーナー〟だとか〝クラシック映画コーナー〟だとか、いろんなところのオススメコピーを順々に読んでいく。

「あ」

立ち止まって手にとったのは、『イヴの総て』という映画だった。店員さんが作ったキャッチコピーは、

〝あなたのまわりにもいる？　裏切り者。女の二面性が怖ろしい映画です！〟

さっそく家に帰って、部屋に閉じこもる。

「真琴、今日はお父さん帰ってくるの遅いから、晩御飯も遅めにするわよー」

階下から母の声が聞こえてくるけれど、どうでもいい。

『イヴの総て』は、おとなしくて純情可憐だと思っていた駆け出しの女優が、ものすごい野望をもっていて、まわりの人を追い落としながら昇り詰めていくという話だった。

表の顔、裏の顔。

人間って、みんなそうなんだろうか。わたしと大浦先生を応援してくれているように見えたリラさん、アメリカに想いを寄せている人がいると言ったリラさん。さっき腕を引っ張った後、彼の背中に手をまわしていたリラさん……。

わたしは、明日からどういう態度をとればいいんだろう……。

誰にも気づかれていないと思っていた。リラさんに対して、ちょっぴりよそよそしくしていること。

4月になって、新入生がどっさり入学してきて、総務部総務課のどうでもいい雑用は倍に増えた。掲示板の貼り紙も増えたし、忘れ物も落し物も激増している。

リラさんとわたしは、それぞれ対応に忙しくて、たとえ一緒に食堂でランチを食べたいと思っても、実質不可能な状態だった。だから、バレていないと信じていた。

でも、芳彦先輩は見ていたようだ。

「最近さ、一条リラとケンカしてんの?」

わたしが休講を知らせる案内板の貼り替えをしていたら、ランチ帰りの先輩が話しかけてきた。

「ど、どうしてですか」

「こないだだって、黄桃太郎のグッズの打ち合わせやろうって、リラが言ってたのに、あんた、帰っちゃうし」

「えと、疲れてたんです」

「そのせいで、オレがグッズの準備手伝わされてるんだよ。頼むよ、アイデア全然浮かばないからさ。せめて一緒にやってくれよ。今日の夕方、業務終わってからどう」

「いえ、ちょっと家に帰らないと……」

「あっそ。清華も忙しくなって、前みたいに会わないし、いっときオレたち4人は仲間っぽくなってたけど、最近は全然だな。ま、オレが清華がいなくてさびしがるっておかしいんだけどさ」

「それはそうですね」

思わず、くすっと笑ってしまった。清華ちゃんがまとわりついて、事務室の前までやってきたのが、ずいぶん昔のことに思える。

そうだ。その後、芳彦先輩はリラさんのことが好きになって、その件でわたしは相談されて、でも曖昧にしてきたんだった。

全部、話しちゃおう。

「やっぱり今日の夕方、グッズの打ち合わせ、してもいいですよ」

＊

「リラと、大浦先生が？」

芳彦先輩が眉をひそめている。申し訳ないことをしたかな、と思う。突然そんなことを聞かされて、先輩だって気分がいいわけないだろう。でも、自分ひとりの胸におさめておくことはもうできない。

事務室の一角の会議室をふたりで占拠して、さっきからグッズ制作の打ち合わせと見せかけて、ずっとこの話ばかりだ。

リラさんには、アメリカに国際片想いのカレがいること。わたしはアドバイスを求められて、もう一度カレと連絡を取り合って、お互いの気持ちをはっきりさせたほうがいいと答えたこと。でも、その一方で、彼女は大浦先生とひどく親しげな様子で会っていたこと――。

すべて話してしまった。告げ口みたいにペラペラしゃべって、我ながらヤなやつ。でも、口止めされたわけじゃないし……裏切ったのはリラさんのほうだし……。

芳彦先輩の次の反応をうかがった。「あんたの勘違いじゃないの？　リラと大浦先生がくっつくわけないよ」と言ってほしかった。でも、そうじゃなかった。

「オレも思い当たること、ある」

「え？」

「一昨日、リラが電話でしゃべってた相手、多分大浦だよ」

「えっ」

「週末に会いに行くとかなんとか」

「それは、例の南館の件かもしれないけど……」

「だったら言うか？　電話を切るときは『愛してるよ、マイハニー』って言え、とかキモチの悪いこと話してたんだぞ」

「何それ……」

勝負にならない。わかってたよ、そんなこと。リラさんが本気になったら、わたしなんか勝ち目がない。背が高くてモデルみたいで、行動力があって、語学もできて。大浦先生がそっちに惹かれていくのは当然だ。

だったら！

わたしが先生にちょっと幻滅したって言ったとき、どうして「好きだと思ったその直感は、簡単に捨てないほうがいい」なんて言ったの。

「オレ、一条リラって、よくわかんなくなってきた」

芳彦先輩が、わたしの気持ちを代弁してくれた。

「あいつってさ、映画好きじゃんか」

「はい」

「恐竜になったり、キャラになりきったり、いろんなものに化けて遊んでるじゃんか」

「はい」

「あれって結局、軽い多重人格なんじゃないか？　だから、いろんなラブストーリーの妄想のなかを生きててさ、本人はウソをついてるって自覚もないし、いろんな男と遊んでるって思ってるわけでもなく。アメリカ人の監督が好きで片想いしてるカワイイあたし、っていうのと、目の前のイケメン学者が好きなあたし、っていうのと、同時に存在してるんだ」

「そんなの……」

サイアクじゃないですか。という言葉を辛うじて呑み込んだ。ちょうど隣の事務室に誰かが入ってくる足音が聞こえたからだ。就業時間を過ぎて、もう誰もいないはずなのだが。

「ハッロゥ。グッズの仕事、してたんだ。お疲れ！」

春らしいレモンイエローのフレアースカートが入ってきた。

「あ、リラさんも、お疲れさま」

今の会話、聞かれてなかったよね、という後ろめたさで、わたしはいつもより愛想よく答えた。

「実はね、2人にお願いがあるの」

「なんですか……」

今、頼まれごとにはあまり気分が乗らない。

「ゴールデンウィークってどこか旅行する？」

「いえ」

うちは、父が「ゴールデンウィークやお盆なんて、どこに行ったって込んでるから、家にいるのが一番だ」と昔から言っている。こんな田舎じゃ、どこへ行っても大した混雑なんてないのだけれど。

「オレは東京行くけど。友達んちに泊まる約束あっから」

ずるい。わたしは芳彦先輩をきろりとにらんだ。

「りょーかい。じゃあ、真琴ちゃんだけ、お願い」

「だから、何をですか？」

少しイラッとしたのが、語調に出てしまっただろうか。

「実はね、南館に潜入して、真琴ちゃんが前に見つけてくれたあの穴を徹底調査しようと思うの」

「え……」

それはわたしもずっと気になっていた。でも、不気味でこれ以上関わりたくない思いもある。

「スペシャルゲストが来るんだ」

「え？」

「大浦先生。環境学者として、環境破壊は許せないって、極秘で参加してくれるの。プロがいると、心強いでしょ？」

一瞬、ぐっと吐き気がしたけれど、気のせいだったみたいですぐ収まった。

「わかりました」

もうヤケクソだ。リラさんと大浦先生が、目の前でベタベタし始めたら、そのときこそはっきり彼女に意思表示する。

もうリラさんの言いなりにはならない。後はふたりで勝手にやってください。そうはっきりと伝えるんだ——。

＊

ゴールデンウィークのキャンパスは、サークル活動をしにきた学生が行き来するくらいで、職員たちはいない。理事長も来ていないことを確かめて、わたしたちは南館へ裏口のほうから侵入した。すぐに異変に気づく。廊下には一面、青いビニールシートが張られ、そこここに土がついていた。

「どうやら、君の懸念はあたっていたようだね」

大浦先生が、リラさんを「君」と親しげに呼ぶ。わたしは、それを聞きたくないばかりに、さっさと階段を下りていった。本当は、あの穴をもう一度見るのが怖いくせに。

「あ……」

地下1階の穴は、一辺2メートルもある鉄板でふさがれていた。その下はどうなっているのだろう。穴を埋めている最中なのか、それとも逆に拡張しているところなのか。

「どけよう」

リラさんがさっそく、縁をつかもうとするので、わたしは反対側をもった。大浦先生が加勢してくれる。

グァン〜、と変な音を立てて、鉄板はわずかにきしんだ。重い。指の骨が「もう限界」と叫びかけたとき、ようやく鉄板は持ち上がって、ずりずりずりっと70センチくらいずらすことに成功した。

「前よりも大きくなってる……」

「どこまで続いているのか、入ってみ――」

リラさんの発言を思わず遮った。

「やめましょうよ」

「どうして」

「だって、奥に何があるかわからないのに」

「真琴ちゃん、『激突！』っていう映画があるのね」

もう映画の蘊蓄（うんちく）はたくさんなんですけど……。

「アメリカの田舎道を車で走っていた男の人が、謎の巨大タンクローリーに追いかけられるの。その車は殺意に満ちていることだけがわかっていて、誰が乗っていて、何の目的で追っかけてくるのか、わからないの」

「はぁ」

「人の恐怖の根源って、『わからない』ってことだと思うんだよね」

「え」

「お化けかと思ったら、シーツだった。うめき声かと思ったら、牛の鳴き声だった。正体がわかれば、なあんだ、ってことなのよね。コミュニケーションとれない相手がわけのわからないことをやってくるから、怖い」

「今、そのタンクローリーが理事長ってことですか」

「そう！　だから、あたしたちがすべてをわかれば、もう怖くなくなるはずなのよ」

大浦先生はどう思っているんだろう、と顔を見たら、

「『激突！』ってメイキングが一番面白いよな。たった10日くらいで撮影したんだっけ。超低予算で。もともとは映画じゃなくテレビドラマだったし。その悪条件であれだけの作品を作ったから、無名だったスティーブン・スピルバーグは一躍有名になったんだよ」

植物だけじゃなくて、自分の好きなものは徹底して熱く語る人らしい。どうぞリラさんと、映画トークで盛り上がってください……。

「なんだろ、このスイッチ」

一方のリラさんは、切り替えが早くて、再びトンネルに関心を向けていた。彼女が指先で押すと、穴の中にぱっとライトがついた。クリスマスツリーのイルミネーションみたい。小さなそのライトは、コードに20センチおきにつけられていて、穴の奥のほうで小さな星たちがぴかぴか光っているように見えた。

「よぅし、探検してみよう。どの程度、環境を破壊するつもりなのか、このボーリングの規模を見れば、多少わかるから」

先生は、もうハシゴに足を掛けている。

「待って。３人一緒に入るのは、効率悪いよね。穴のなかでも動きづらいし」

リラさんが言うので、胃がギュンと痛くなった。２人で行けばいい。でも、それをわたしに提案させるのはやめて。

身構えて次の言葉を待っていたら、意外な発言が聞こえてきた。

「真琴ちゃん、大浦先生と一緒に行ってくれる？」

わたしは思わず、へ？　と顔を上げてしまった。

「あ、あの、リラさんは？」

「あたしね、この建物の上のフロアを見てくる。あと理事長室にもこっそり入って。お互いの収穫を、帰りにあのイタリアンで晩御飯でも食べながら話そう。６時集合ね」

「わかった。じゃあ、終わったらぼくと小平さんで鉄板を元通りにして、鍵を掛けて出るよ」

大浦先生がうなずき、軽やかにリラさんが去っていく。

ドキドキ、ドキドキドキドキドキ、ドギギギギ……。

何に緊張しているのか、もうわからない。穴の奥が怖いのか、大浦先生と突然ふたりきりになったことに興奮しているのか……。

そういえば昔、つり橋理論だっけ、そんな名前の話、聞いたことあったな。つり橋の上の男女は、惹かれあう可能性が高い。それは、恐怖のドキドキを、異性に対するドキドキと脳が勘違いするから。

「小平さん、だいじょうぶ？」

ハシゴを下りきると、先生が手をのばして、受け止めてくれた。あ……。胸板がぶぶ、分厚いです……。でも、先生はリラさんのことが好きなんですよね！　と平常心を保とうとする。

穴は垂直に3メートル。そこから横方向へなだらかな下り坂となって、奥まで続いている。

先生が歩き出した。

そのときだった。

ライトが消えて、穴が真っ暗になった。そして、ドターン、という鈍い音と共に、頭上の穴が鉄板でふさがれた。

大脱出

「リ、リラさんがふざけてやったんだと思います」

暗闇のなかで、わたしの声は震えていた。なぜって、そうじゃないことがわかっていたから。

そりゃ、面白がってちょいと穴をふさいでみる、っていうのは、リラさんがやりそうなことだ。でも、実際には不可能。あの鉄板、3人でようやく動かせたのだから。いくらリラさんがパワフルでも、女ひとりではムリ。

漆黒の闇ってほんとうにあるんだ。目の前に開いているはずの自分の両手をまったく確認できなくて、ガクゼンとしていた。

なぜこんなことが起きたのか。ということをしつこく考えているわたしとは対照的に、大浦先生は現実的だった。

「とりあえず、この暗闇をなんとかしよう」

彼は、てさぐりでハシゴの場所に戻り、すっすと上っているらしく、声が徐々に上のほうから聞こえてくる。

「鉄板、下から押しても開かないと思うんですけど……」

「うん、鉄板に挑戦するのはやめとく。それより電気だよ。コードのスイッチ、入口より下のほうにあったと思うんだ」

そうだ。たしかにそうだ！　電気さえついてくれたら。

両手を合わせて祈る。

20秒経過。

パチ。

先生のおかげで、穴はあっという間に元通り、クリスマスツリーみたいに明るくなり、奥のほうまで星の列が復活した。まだ閉塞感はあるものの、ようやくふぅぅ、と深呼吸する余裕が出てきた。

するするする、と彼がハシゴを下りてくる。

「よかったな。鉄板を閉めた人間が、コンセントまで抜いてなくて」

わたしも何かしなきゃ。そうだ、携帯で助けを呼べばいいんだ、簡単なことだ。バッグから取り出すと、しかし「圏外」の無情な文字が表示されていた。

「これからどうしたらいいんでしょう……？」

不安が倍増して、わたしはすがりついた。先生にだってわかるわけないのに。

「うーん、今日はもう開かない可能性が高いな」

「えっ」

「この工事に関わっている誰かが点検しに来た可能性が高いと思う。そしたら、電気はつきっぱなしで、鉄板は開いていて、ああだらしない、って閉めたんじゃないかな。もしかしたら穴の中に向かって、誰かいるか、と呼びかけたのかもしれない。それが僕らに聞こえなかった可能性はあるね」

わたしは、先生の落ち着きすぎている態度に、軽くイラッとしていた。そりゃ彼が先頭切ってパニック起こすよりはいいけれど、客観的に、まるでコメンテーターのように話されると、恐怖の感情を共有できない寂しさに襲われる。

少しは先生も不安になれ！　言うまいと我慢していた心配をぶつけてみる。

「じゃあ、助けはもうずっと……ゴールデンウィークだし。わたしたち、飢え死にしちゃったり」

先生は淡々と答える。

「いや、そんなこと、ないよ。狭いとこで立ち話もなんだから、座ろうか」

大浦先生が座り込んだので、わたしもしゃがみこんだ。おしりを付けないつもりだったけれど、よろめくように座ってしまった。地面はうっすらと湿っている。

「そんなこと……ないって？」

「ほら、一条リラさんが、きっと助けに来てくれる」

こんな状況なのに、リラさんへのジェラシーが募ってきた。先生がここまで冷静なのは、彼女への信頼があるからなんだ。

「リラさんって、ノーテンキなとこありますから、気づかないかもしれませんよ」

「いや。彼女は繊細だし、とてもシャープだから、きっと気づいてくれる」

相槌(あいづち)を打ちたくなくて、曖昧(あいまい)に返事する。

「へぇ……」

「待ち合わせの約束をしておいたのがよかったね。行かなかったら、彼女は何かがあったに違いないと思って、穴まで戻ってくるはずだよ」

そうだよ、リラさん。助けて！　という気持ちと、そんな先生の絶対的信頼が裏切られたらいいのに、っていうアクマな思いが半々。

先生が、ふっと笑って、わたしの肩に手を置いた。

「だいじょうぶ。リラさんが君を助けにこないわけ、ないじゃないか」

「わ、わたし？」

違うでしょ。リラさんが助けにくるのは、あくまでも大浦先生、あなたでしょ。その横にひっついてるわたしは、おまけ。

「だって、君とリラさんって、『テルマ＆ルイーズ』なんだろ？　リラさんがそう言ってたよ」

「テルマって、アーティストの？」

「じゃなくって。そういうアメリカ映画があるんだ。テルマとルイーズの友情の話」

「大浦先生もごらんになったんですか」

「うん、前にレンタルで。ふたりは、ドライブ中にアクシデントに巻き込まれて、そこから逃走することになるんだ」

わたしは、穴に閉じ込められているという異常事態を一瞬忘れて、話に聞き入っていた。

「お互い、相手を捨てて逃げようと思えば逃げられた。でも、そうしなかった。決して裏切らないんだ」

「裏切らない……」

「リラさんが言ってたよ。君との友情が一番大事なんだって。『真琴ちゃんは、自分のこと以上にわたしのこと考えてくれてる』って。だから『自分も真琴ちゃんのために何かしてあげたいんだ』って」

「え……」

待って。わたしはもしかしてすごい考え違いを……？

「そういうわけで、リラさんはきっと迎えに来てくれる。だから、僕らはやるべきことをやっておこう」

「え」

「探検だよ。この穴の奥まで進んでみよう」

先生は立ち上がって、早くもゆるゆるとした下り坂を歩き始める。置いていかないでください！　わたしもあわてて立ち上がった。

先生は中腰、わたしはやや前かがみに歩く。前にテレビで見た、昔の戦争のドキュメンタリーを思い出す。人の力で丹念に掘った防空壕。細くて長くて薄暗くて、どこまでも続いている。

　こんなところで、また電気が消えてしまったら、いったいどうなるのだろう、と思う。いや、それより前に大きな地震でも来たら。コンクリートで補強されているわけではないのだ。

「見て。小平さん。これは何だろう。いや、迂闊に触らないほうがいいけど」

　先生が言うので、わたしは覗き込んだ。錆びた棒のようなものが数本、転がっている。いや、適当に放り出してあるというよりは、人の行き来の邪魔にならないすみっこに、そっと置かれた大切な品、という感じ。

「日本刀、ですか」

「ああ、なんでこんなところに」

　さすが準備のいい先生はカメラを持ってきていて、ぱしぱしと撮影している。

　刀も気になるが、わたしはさっきの話の続きが気になっていた。どう切り出そう。

「あのぅ、リラさんとわたしは前よりもちょっと疎遠になっていて。業務が忙しいからですけど。それで、リラさんはむしろわたしより先生を頼りにしてるんじゃないかと」

「そうなの？」

　先を歩いていた先生は、一瞬立ち止まって振り返った。

「でも、僕と会うときは、君の話が多いよ」

「えっ？」

「たとえば、前に一緒にメシを食ったことあるんだけど、そのときは、君にもらったアドバイスの話。デイルにもう一度会って――」

「デイルって誰ですか」

「彼女が好きな相手の名前だよ」

「ああ、デイルっていうんですか、名前知らなかった……」

「君が『デイルにもう一度会ってキモチを確かめるように』と言ってくれた、っていう話ばかりで」

「メシってもしかして、イタリアンですか？」

「うん、そうだよ。リラさんから聞いた？」

「いえ、あの」

わたしが目撃したあの日、リラさんはそんな話をしていたんだ。大浦先生にボディタッチしていたから、勘違いしてしまったけど、アメリカ帰りの彼女がオーバーアクションなことくらい、わかっていたはずだ。

でも疑念の種がまだあったのを思い出した。

「リラさんは、そのデイルって人より、大浦先生のほうが好きかと思ってました」

「なんで」

「芳彦先輩が――あ、うちの職場の人なんですけど――言ってたんです。リラさんが『マイハニーって言え』と電話で話してるの聞いたって」

「ああ、あれね。ぼくが植物の話ばっかりしてカタイから、『そんなんじゃ真琴ちゃんと話はずまないでしょ』って怒られて。それで、アメリカ人男性を見習う練習をしてたわけ」

え。先生はわたしと話をはずませたかったんだ!?

思いもよらなかった。リラさん、陰でそうやって盛り上げてくれていたとは。

わたしはまるっきり誤解していて、彼女の信頼を裏切っていた。『テルマ&ルイーズ』なんて言ってもらう価値、ない。

リラさん……。

ぼうっとしている間、大浦先生は、壁面や地面をぱしぱし撮り続けている。何を写しているのか、わたしにはよくわからなくて、ただついていくだけだ。

「あそこ、なぜ明るいんだ」

不意に先生が大きな声を出した。ハッと我に返って、わたしも前方を見た。ゆるやかな下り坂の向こうに、突如明るい光が差し込んでいた。近づくと、穴をふさぐように鉄柵(てっさく)が埋め込まれていたが、手でがたがたゆすったら、すぐにぐらついた。これなら押せば倒れそうだ。

「僕ら、動物園のオリのなかにいるみたいだ」

先生が、はしゃぐように言う。あと少し。そんな期待がわたしたちを元気にする。

ガリガリッと、柵が砂利をこすりながらゆっくりと倒れていった。顔を出すと一気に視界が開けた。うねうねとした丘の中腹。このあたりは芝だけれど、見渡せば50メートルほど先に、なじみの風景がある。

「あそこ……駐車場!」

南館から、こんなところまで地下道がつながっていたとは。

＊

今頃になって気づく。大浦先生とわたし、あんな非現実的な狭い空間で、ふたりっきりだったんだなぁ……。

わたしたちは結局、リラさんとの待ち合わせに遅れることなく、午後6時にいつものイタリアンへ集合した。緊張と疲労でお腹がぺこぺこのはずなのに、なぜか食欲がない。

リラさん、ごめんね。わたし、変にすねてしまって。

しかし、彼女のほうはいつものノーテンキさで、

「どうしたの～?　真琴ちゃん、食べないならこの生ハムとルッコラのピザ食べちゃうからね～」

と、2ピースまとめて口に放り込んでいる。皿が大方空くと、リラさんの目が急にピキッと鋭くなった。

「お互いの報告しようよ。まずあたしからね。理事長室で書類を見つけたの」

「何の書類……ですか」

「スイートピーチパークの建設概要をまとめたファイル」

「もしかしてそのスイートなんとかっていうのが――」

「そう！　エンタテインメント施設の仮称みたい」

「なるほど」

大浦先生は、右頬に空気を入れてふくらませて、考え事をしている。

「そっちはどうだった？　あの穴は建設の調査目的で掘ってたわけ？」

大浦先生がデジカメの写真を次々と見せながら、きっぱり答えた。

「いや、あれは、リゾート開発を目的とした穴じゃなかった」

「え？」

同行したわたしが驚いてしまう。そんな結論を、先生が出していたとは知らなかった。

「実はこっそり拾ってきたものがある」

先生が取り出したもの。それは白い欠片。

「これは、おそらく人骨だ」

直接対決

ハカラメは急激に茎をのばし、葉を目一杯広げている。先生にもらった大きな植木鉢に植え替えてから、ますますイキイキしてきた。

「頑張ってきますね。たとえクビになっても」

なぜかハカラメに敬語を使うわたし。大浦先生に会えない日は、この植物に向かって話しかける習慣がつきつつあった。

「今、クビって言った？　なんの話」

母がリビングに入ってきたので、わたしはあわててジャケットを羽織って、家を出た。

穴探検から1週間。本日、第2金曜日は午後3時から理事会がスタートする。そして昨日から秘書が風邪で欠勤している。絶好のチャンス。就業時間が過ぎてから、理事長室を訪ねる手はずになっていた。

職場につくと、リラさんは既に、モーレツな勢いで学生たちの問い合わせをさばいている。

それをちらりと見ながら、芳彦先輩が耳打ちしてきた。

「今日、ホントにやんの？　オレ、気が進まないんだけど」

「わたしだって、進まないですよ」

「理事長に物申すのが、気ィ進まないってだけじゃなくて、オレはもう一条リラに協力するのが疲れてきたわけよ」

芳彦先輩は、ちょうど1年くらい前の先輩に戻りつつある。だるそうで、不平不満が多くて、少々ねちっこくて。

わたしがリラさんについての誤解を吹き込んでしまったせいだ。何度も「リラさんと大浦先生の件は、わたしの誤解だったんです」と弁解しているのだけれど、先輩のテンションは上がらない。

「考えてみたらさ、一条リラはさ、つい最近入ってきたばっかじゃんか。それで、やたら動き回って、でも結局廃校の流れは止められなくて。理事長室に殴りこみに行ったら、人員整理のとき、最初にクビになるよ。今、廃校が決まっても、あと4年は学校が続くっていうのにさ」

「でも……」

わたしは自分でも聞こえるか聞こえないかという程度の小声でささやいた。

「穴のなかに人骨らしきものがあったんですよ。わたしはすぐ警察を呼ぶように言ったんですけど、大浦先生が、そうするともう収拾つかなくなるから、まずは理事長の弁明を聞いたほうがいい、って」

「そうだよ、その大浦准教授。ここまで関わってるなら、今日だって理事長との直接対決に参加すればいいだろ？」

「そんな無茶な。他大の先生なんだから。ここまで協力してくれただけでも、じゅうぶんお礼言わないと」

「なんだよ、あんたも。こないだはすげー不平をオレにぶちまけてたのにさ」

先輩はムゥとふくれた。

*

理事会に出席していた総務部長が、事務室に戻ってきた。

「さあ行くよ」

リラさんが立ち上がった。「本日の窓口業務終了」というカードを、いつもより1時間早く台の上に載せて、さっさと歩き出す。

あの〜、学生たちが困るんじゃ？ と問いかけるヒマもない。わたしはあわてて芳彦先輩の肩を引っつかんだ。

「行きましょう。わたしたち、清華ちゃんも含めて仲間じゃないですか」

「清華は来ないんだろ？」

「だって、学生巻き込めないじゃないですか」

こそこそ揉めているときだった。ふたりの携帯電話が同時に振動しはじめた。メールだ。

『リラさん、芳彦さん、真琴さん。応援してます！ わたしは黄桃学園大学が大好き♪

だから学園を救ってください。ファイットォ〜☆』

清華ちゃんからだった。

「仕方ねーな、行くか」

携帯の画面を閉じた先輩が、ようやく立ち上がってくれた。清華ちゃん、グッジョブ！

「あんた、よく逃げたいキモチにならないな」

廊下を歩きながら、芳彦先輩がぶつぶつ言う。

逃げたい。いや、逃げたかった。過去形だ。だってもう二度と裏切れない。心のなかで、リラさんを疑ってしまったこと、後悔しているから。

『テルマ&ルイーズ』を観た。ふたりは最後、悲壮な決意をする。決してお気楽なエンディングじゃない。だけど、どこかすがすがしかった。リラさんが、わたしをそんなふうに見てくれているなら、これからどんなバッドエンドが待っていたって、もう逃げ腰になることはできない。どうしても。

リラさんと芳彦先輩とわたし。ドアの前で仁王立ちになる。もっとも第三者から見れば、本当に仁王立ちしているのはリラさんだけで、わたしたちは、しょんぼり廊下に立たされている学生に見えただろう。

カツカツカツカツ。遠くから足音が聞こえてくる。

ふすす、と息を吸い込んだ。

「何をしているんだ」

角を曲がった理事長は、わたしたちの姿を認め、険しい表情になった。今日もダンディーに、ダークブルーの上質なスーツで決めている。

「用件があるなら、言いたまえ」

「言ってもいいなら、言うけれど。こんな廊下で、誰かに聞かれてもいいの？」

リラさんの挑発的な言い方に、理事長の眉(まゆ)はエベレストみたいに高く尖(とが)った。

「入りなさい」

3人が入ると、理事長はぴしゃりと扉を閉めた。ガチャリ。鍵がかかった音だ。

「いったい何なんだ。わたしは疲れているんだ」

「そりゃ、いろいろ画策していれば、疲れるわよね」

そう言ったリラさんを、理事長は睨(ね)め付ける。

「もったいぶらずに、早く言いたまえ」

「なら言います。わたしたちは、南館のなかに掘ってある穴を見つけました」

「な……」

理事長は、その発言を予測していなかったらしく、ハッとした顔をしている。

「入口だけじゃないわ。中もしっかり探検しました」

真琴ちゃんが、と、固有名詞を出されたらイヤだなとビクビクしていたのが伝わったのか、リラさんは主語を敢(あ)えて言わなかった。

「あそこは、何かを隠す場所になっているみたいね」

「う……」

「全部話してもらえるかしら」

「話すことなど……何もない」

それを聞いて、わたしはなぜだか急にムカムカしてきた。あの穴に閉じ込められた瞬間の恐怖とか、人骨を見つけたときのショックだとか。説明を受けないまま、帰れるものか。

「じゃあ、これはなんですか」

わたしは、クッキーの空き箱にいれた証拠の品を理事長に差し出した。

「何って言われても、わたしが知るわけはない」

「人骨だそうです」

「な、なんだと！」

「とぼけないでください。わたしたちは警察を呼ぶつもりです。犯罪を見過ごすつもりはありません。ただ、理事長の説明を聞いてから通報するつもりです」

「そんなことをしたら、廃校になるぞ」

「どっちにしろ、理事長が廃校にするつもりじゃないですか！」

テルマ&ルイーズ。

リラさんをひとりにはしない。自分のどこにこんな勇気があったのか、と我ながら感心するほどに、はっきり言えた。

理事長は、おでこのあたりをなんどもぐしゃぐしゃと手で押さえ、せっかく整えた髪をすっかり乱している。

「つまりこういうことか。君らは、わたしが殺人か何かをやらかして、あの穴を証拠隠滅に使ったと思っているわけか。それを永久にバレないようにするために、ここを廃校にして埋めてしまおうと計画している、と」

わたしは続けた。

「廃校にして、スイートピーチパークという大型エンタテインメント施設を建設して、もう跡形もなく証拠を消そうとしているんですよね？」

ふふふ、と理事長は笑った。

「殺人犯か。面白いな。そこの部分はともかく、建設計画のあたりは信じてもらってかまわない」

すると、今まで黙っていた芳彦先輩が一歩踏み出した。

「ウソだ」

「なんだ君は」

「スパやモールの建設提案は確かに来ていた。でも、理事長は断った。そうですよね？」

え？　わたしはリラさんと顔を見合わせた。

「ゴールデンウィークにオレは東京に行きました。スイートピーチパークを建設しようとしている大塔グループに、学生時代の友達がいるんでね。やつら、進行中の案件については口が重いけど、なくなった案件のことはけっこうしゃべってくれるんですよ」

まさか……あんなに後ろ向きに見えた先輩が、密かに調べてくれていたとは。

リラさんが、なるほどね、と小さくつぶやきながら、一歩前に出た。

「理事長。もとい、叔父さま。『トゥルーマン・ショー』という映画はごらんになったことある？」

「ないね」

「おじいちゃまが映画好きだから、一条家の人間なら誰でも観てるわ。叔父さまも観なくちゃだめよ」

「理事長と呼びたまえ」

「『トゥルーマン・ショー』はね、トゥルーマンと呼ばれた男の人の話。彼は生まれてからずっと、『トゥルーマン・ショー』という番組の主役として、全国の視聴者に見守られながら、成長してきたの。でも本人だけはそれを知らない。自分のまわりの世界は、現実だと思ってる。実際は、ドラマのセットなのに。でもある日、そのことに気がつく。すると世界が今までとまるで変わって見える」

「それが、今までの話となんの関係があるんだね」

「見方を変えれば、世界がまるで違って見える。つまり、叔父さま。もとい理事長。あなた自身は別にこの大学を廃校にしたいとは思ってない。誰かをかばってる。そういうことでしょ？」

「えっ」

　思わずわたしは声を上げて、そして理事長の反応をうかがった。彼は笑いもせず、悪態をつくこともなく、ただうつむいて、ぴかぴかの自分の革靴を見つめている。

「あなたが閉鎖した南館の３階に金庫があった。合鍵を探して、開けてみたわ。巨大な金貨があった」

「なんだって？」

　芳彦先輩が目を剝く。

「あれは、天正長大判。豊臣秀吉の時代に作られた、世界一大きな金貨。めったに見つからない貴重な品が、大阪から遠く離れたこの黄桃市で見つかった。これはすごい発見よ」

　理事長は身動きしない。でも顔がかすかに変化して苦笑しているように見える。

「わたしは、それを古田学長に見せに行ったの。民俗学が専門でしょ」

　リラさん。知らない間に、そんなことをしていたなんて。

「そしたら、学長はとても動揺していたわ。どこでそんなものを見つけたのか！　って。普通だったら、違う反応でしょ。すばらしい！　すごい発見だ。わたしを発見場所に連れて行ってくれたまえ。そう言うはずなのに」

「リラさん、穴のなかには刀もありました。それも何か関係あるんですか？　っていうかこの人骨も？」

わたしが小箱を差し出すと、リラさんはうなずいた。

「人骨はかなり前のものなんじゃないかな。400年とか。ここの地質がいいみたいで、土に還らないままだったのね」

「400年……」

「つまり、どういうことなんだよ」

芳彦先輩がイライラしている。理事長は、

「参ったな」

と苦笑いを浮かべるばかりで、何も話そうとはしない。

リラさんが、両手でピストルの形を作った。

「結論を言うわ。古田学長は、この丘全体がすごいお宝であることを知った。建物を全部なくして、発掘したいと願った。学生時代からの親友の、一生の夢。理事長、あなたは彼の研究のために、彼の望みをかなえるために、この学校を廃校にしようと思ったのね」

な、なに？　もう一度言って。混乱している間に、リラさんは、両手のピストルで、理事長をバァーン、と撃った。

そして大逆転

「まあ、はい。要するにそういうことなんです。全部、わたしが悪いんです」

　古田学長は、小柄な身体をますます縮ませて、申し訳なさそうに言う。

　リラさんとわたしと芳彦先輩は、古田学長を南館の旧理事長室に呼び出していた。あ、もちろん芹沢理事長も。

　学長は時折つらそうな顔をして、腰を押さえた。鉄板を無理やりひとりで動かしたときに痛めたという。つまり我々を穴に閉じ込めた犯人はこの人だったのだ。「もちろん中に人がいたなんて思いもしませんでした！」と彼は主張する。そう願いたい。学長が職員に殺意をもつなんて、シャレにならない。

　事の顚末（てんまつ）をすべて告白して、彼はうつむきながら最後にまとめた。

「この丘には、相当のお宝が眠っている。それを世に発表したいという欲に目がくらんでしまったんです……」

「そうじゃないだろ」

　と、理事長が腹立たしそうにさえぎる。

「もともと大学の経営状況はよくなかったんだ。少子化に拍車がかかって、ますますこれから苦しくなる。だったら、ここの歴史的価値を明らかにして、市に保護してもらったほうが、社会的にも有益だし、大学としてもこれ以上の負債を抱えずに済む。オレの判断だったんだ」

わたしたちの存在を忘れてしまったみたいで、2人だけで会話が繰り広げられている。

「芹沢くん、わかってるよ。君は、探検部のあのときのことを負い目に思ってるんだ」

「負い目？　なんのことだ」

「キリマンジャロに行ったときさ。君が腹を壊して身動きできなくなったとき、僕は登頂をあきらめて、ふもとで君の看病をした。そのとき、芹沢くんは言ったんだ。『いつか君に恩返しする。夢をかなえる手伝いをする』って。きっと、今回のことは、その約束を果たそうとして――」

「そんな話、まるで覚えてないね」

理事長はそっけなく、そっぽを向いた。

「いや、記憶力抜群の芹沢くんが忘れたはずがない。嘘をついている。僕を守るために」

「別におまえなんか、守りたくないもんね」

まるで中学生の言い合いみたいだ。とても、学長と理事長の口論とは思えない。それでも、傍らで聞いているわたしたちに伝わってくる。この人たちの深い絆が。

「古田学長と芹沢理事長も、『テルマ&ルイーズ』なんですね」

わたしがボソッとつぶやくと、リラさんがわたしに抱きついてきた。いや、抱きついてくれるのはいいんだけど、首を絞められるのはぐるじい……だずげで……。

「真琴ちゃん、いいこと言う！　ほんとそうだよね」

「なんだよ、テルマ&ルイーズって」

芳彦先輩がぶつぶつ言っているけれど、ごめんなさい。説明は、後にさせて。

さっきまでは責めている口調だったリラさんが一転、朗らかに切り出した。

「学長、別に廃校にしなくたって、どんどん掘り進めばいいじゃないですか。見つかったものを発表していけば、むしろ黄桃学園大学の名前がメジャーになって、一石二鳥！」

学長はまぶしげに目を瞬かせながら、弱々しく反論する。

「君はそう言うがね。うちの大学には史学部も史学科もない。一般教養科目に歴史の講座が1つ2つあるだけだ。学長のわたしひとりが張り切って発表したって、大学のメリットにはならないんだ」

「そこなんですけど！」

リラさんは、窓辺に向かって歩き、くるっと振り返った。午後の日差しが差し込み、リラさんの髪は女神さまみたいに光り輝いた。

「うちに、新しい学部を作ればいいんです。黄桃学園大学史学部」

「馬鹿言っちゃいけないよ。史学部なんて、学生が集まるわけない。今、新設するなら、海都大学みたいな環境学部とか、メディアなんとか学科とか、時代に合ったものにしないと。いまどき史学なんて流行らないのは、わたしだってようくわかってる」

その程度の意見に、へし折られるリラさんではない。

「今の時代だからこそ！　史学を一生懸命勉強したい子はいつの時代だっていて、でも、多くの大学が縮小してるから、その子たちは行き場失ったり、進路変更せざるをえなかったり。そんなとき、黄桃学園大学が史学部を立ち上げるんです。おまけに、学内でフィールドワークができるすばらしい環境がある。歴史的に価値のあるものが、構内から次々発掘される。史学部は、黄桃学園大学の新しい看板になるかもしれませんよ。皆さん、『俺たちフィギュアスケーター』っていう映画、知ってますか？」

「いや……」

学長をはじめ全員が首を振った。

「コメディなんですけどね。ある理由でフィギュアスケート界を追放された男性が主人公なの。彼と、同じく追放された別の男性は、自暴自棄になるのよ。でもね、新しいアイデアで新しいものを生み出せば、スケート界に復帰できる、っていうことに気がつくの」

『俺たちフィギュアスケーター』。今すぐ、レンタルビデオショップに走りたい衝動を抑えながら、わたしは題名を脳内に刻む。

「何かを変えるとき、方法はいくつかあると思う。たとえば〝とにかく壊しちゃう〟。廃校という発想はそれよね。一方、その真逆は〝新しいものを作り出す〟。そこに価値が生まれれば、何もかもいい方向に生まれ変わる」

「価値が生まれなかったら？」

理事長が悲観的なことを言う。

「生まれるか生まれないかは、携わる人の努力次第だと思う。たとえば、史学部をつくるなら、わたしたち総務部はいろんなサポートができます。今、真琴ちゃんが進めてくれている黄桃太郎グッズ。これも、民俗学のファンを集めるのには、大きな役割を果たすはずよ」

うろうろと理事長は室内を歩き回っている。考え事をするときの癖らしい。そこに学長が近づいていった。身長差20センチの2人が向き合う。

「芹沢くん、僕からも頼む」

「何を」

「君が、廃校のニュース発表でテレビに出るよりも、新学部創設でテレビに出てくれたほうが僕はうれしい」

「こんな田舎の大学が新しい学部をつくるからって、誰も取り上げないだろ」

「『山びこモーニング』に取材してもらいます！」

わたしは力強く叫んでいた。リラさんが後押ししてくれる。

「そうよ。時代に逆行するって、時にはかっこいいことだよ。うちの大学の職員は、全員乗ってくると思いますけど」

「そうか……そうかもな」

理事長は顎をもみもみしながら、うなずいた。

「わたしだって、本当は一条前理事長に申し訳ないと思ってたんだ」

テルマ&ルイーズ。

リラさんとわたしは、がっちり握手をかわした。
＊

わたしたちの、本当の大学再生計画が動き出した。

学長と理事長は史学部新設の準備で飛び回っている。許可が下りたら、南館を改造して歴史資料館にすることが決まった。

「協力してくれた大浦先生にも報告しなくちゃ。わたし忙しいから、真琴ちゃん、ひとりで行ってきて～」

リラさんに言われて、わたしは、社会人講座が開講する前の週の日曜日に、海都大学を訪ねた。

「僕はね、学長の気持ちがわからなくもないな」

もっとあきれるかと思ったらそうでもなく、大浦先生は穏やかに言った。

「わかりますか？」

「うん。学者にとって、新しいものを発見するというのは、何物にも代えがたい喜びだよ。僕だってそう。四六時中、植物に囲まれて、見る人によってはただの変人と思うだろうね」

「あ、いえ。まさか先生に対してそんなことを思う人は……」

ずばり自分が先生を植物オタクだと思ってしまったあの日を思い出して、わたしは切れ味悪く否定する。

「いいんだよ、小平さん。でも、もしよかったら、そういう学者の情熱を少しでもわかってほしい。来週からの社会人講座、小平さんもいっしょに講義を聴いてくれたらうれしいなぁ」

「は、はい！」

モーレツに忙しいのに快諾してしまった。

＊

6月に入った。構内の木々は大きく枝を伸ばして、その先の葉っぱが薫風に吹かれて気持ちよさそうに揺れている。

でもわたしは、そんな季節感を満喫する余裕はなくて、目をこすりながら、パソコンに向かっていた。眠い……。

いや、ほんと、おおげさではなく、睡眠時間をけずる毎日だ。大学職員になって、こんなに忙しい日々は初めて。普段の業務と社会人講座の事務作業に加えて、いよいよ黄桃太郎のグッズ販売がスタートするのだ。

東京・六本木にあるキャラクターグッズ製作会社・キャラパークから、先ほどメールが届いた。それをリラさんに読み上げる。

「ストラップ300個、クリアファイル200枚、タオルハンカチ200枚×2バージョン、マグカップ100個が、明日納品されるそうです」

「よし、じゃあ6月20日から発売しよう」

リラさんがカレンダーをにらみながら言う。

「中途半端じゃないですか？」

と意見すると、彼女は首を振った。

「夏休み前に1ヶ月間売れば、反応が見えてくるでしょ。それによって、夏休み中に追加注文すれば秋からまた売れる」

さすがリラさん。商売上手だ。

翌日、段ボールがどさどさと届いた。奥の事務室は、グッズ保管倉庫に早変わりした。

「プールで泳いでる黄桃太郎の絵柄、なかなかかわいいよね」

夕方6時を過ぎても、空はまだ明るい。窓から入る光に、リラさんはクリアファイルをかざす。

「売れるといいですね。学外の人にも買ってほしいから、社会人講座が終わる時間まで、購買部を開けておくつもりです」

「真琴ちゃん、頭いい～」

リラさんにほめられて気をよくしたわたしは、ストラップの段ボールを部屋の隅に移しながら、聞いた。

「これから軌道に乗りそうだから、リラさん、前に言ったこと、真剣に考えてみてくださいね。アメリカの彼に会いに行くなら、いつでも有休とってもらっていいですから。わたしがその分、フォローしますし。まあでも、夏休みまで待ったほうが、まとまった休みがとりやすいかな」

「そのことなんだけど」

いつになく真面目な声がひびいて、わたしはハッと手を止めた。

「真琴ちゃん、話があるんだ」

「え」

段ボールを置いて立ち上がると、リラさんもクリアファイルをテーブルに置いて、こっちをじっと見る。夕日があたって、その頬は濃いピンク色に染まっている。

「実はね、真琴ちゃんに言われたとおり、デイルにメールを送ってみたの」

「はい……」

「そしたら、返事が来た」

「なんて」

「会いたい、って」

「よかったじゃないですか！」

「南館の穴を調べたりしてた時期だったから、会いにいける状況じゃなくて。しょっちゅうメールやりとりしたり、電話で話したり。そのうち、わかってきたの」

「なにが……ですか」

「本当は彼もあたしのこと、好きでいてくれてる、っていうこと。きついこと言ったの、後悔してたんだって」

「ほ、ほんとに？」

あの映画を思い出す。『きみに読む物語』。そう、あきらめたらダメなんだ。そこでもう終わりなんだ……。よかった、リラさん。

「じゃあ、会いに行かないと」

「そのことなんだけど」

「はい」

「会いに行って、また日本に帰ってくるんじゃなくて、これからはずーっとそばにいよう、ってことになって」

「あ……」

リラさんが言葉を選びながらゆっくり話している理由が、ようやくわかってきた。行ってしまうのだ、彼女は。一時的に旅行して戻ってくるのではなく、この黄桃学園大学を、わたしのもとを去っていく。

「よかっ……た……」

　そう言うと、リラさんはぎゅうと首に手を巻きつけてくる。毎度のことながら、ぐるじい。でも今は、このままでいてほしい。

「ありがとね、真琴ちゃん」

「いいんです。あの……」

「何？」

「離れても、また会えますよね」

　ぽろぽろっと涙が頬をつたって、リラさんのカットソーに落ちた。それに気がついているのかいないのか、彼女はうなずいた。

「うん、もちろん」

新幹線の席を向かい合わせの4人席にするのって、何年ぶりだろう。高校の修学旅行以来かもしれない。

「お菓子はひとり500円ってルール守ってきた？　みんなで見せっこしよう」

リラさんがはしゃぎながら、自分のリュックを開けている。清華ちゃんは、ぱんぱんにふくらんだビニール袋をバッグから取り出した。

「それ、500円じゃ買えないだろ」

芳彦先輩が言う。そのツッコミを待ってましたとばかりに、清華ちゃんはテヘヘヘーと笑った。

「家に、最初から置いてあったお菓子は、0円としてカウントさせていただきました～」

「ずるいだろそれ」

わたしは外を眺めた。東京が近づくにつれて、少しずつ田んぼが減ってきて、ビルが高くなっていく。

東京駅で成田エクスプレスに乗り換えてからも、4人はまだ、これから丸一日、愉快な遠足が続くかのように振る舞っていた。

第2旅客ターミナルに着いて、リラさんがチェックインカウンターに並んでようやく清華ちゃんがぽつりと言った。

「リラさん、本当にアメリカ帰っちゃうんですねぇ」

「あんただって、もうすぐ追いかけるんだろ」

芳彦先輩が冷たい口調で言う。そのとおりだよ！と思うから、わたしもフォローを入れない。清華ちゃんは、リラさんが留学したロサンゼルス大学に付設されている語学学校へ、1年間通うことが決まっていた。リラさんに遅れること1ヶ月半、9月中旬に出発する。

「お待たせ〜」

無事にチェックインを終えたリラさんが戻ってきた。彼女に限って「別れの寂しさで胸がいっぱいで、食欲がなくなる」なんてことはありえない。

「おなかすいた〜。日本の味として、最後にたこ焼き食べておきたいな」

先頭切って、はねるように歩いていく。グリーンのキュロットにイエローのカットソー。胸元の小さな金のペンダントは、黄桃太郎グッズの試作品だ。

「どうしたの？　真琴ちゃん、口数が少ないね」

そりゃ少なくもなりますよ。

「リラさんが初めて来た日のことを思い出してたんです。去年の9月1日。あれからまだ11ヶ月なんですね。会って、1年もたってないなんて、信じられなくて」

ふう、と大きなため息をついてしまった。たこ焼きを2つまとめて爪楊枝でさして、ぽいと口へ放り込んだリラさんは、コップの水を一気に飲み干してから言った。

「『ドリームガールズ』っていう映画、知ってる？」

「いえ」

本当は既に観ていたのだけれど、知らない顔をした。映画の蘊蓄を聞くのもこれが最後なんだと思うと、どんな言葉も録音しておきたいくらいだ。

「実在のアーティストがモデルになってる話なんだけどね。3人の下積み女性歌手が、トップスターを目指して頑張っていくの。途中で、ひとりが訣別してしまったり、ビジネスのしがらみがいろいろあったり、道はまっすぐじゃないんだけど、それでも音楽が好きだという彼女たちの根本の気持ちは変わらない。それと同じだと思うんだ、あたしたち」

「え」

「離れていても、あたしは黄桃学園大学を応援してるし、ロスに戻っても黄桃太郎ストラップはいつもつけてるし、みんなが大学を盛り上げてくれてるって信じてる。時間があれば、黄桃太郎公式サイトのBBSにファンメッセージ書き込みに行く。盛り上げるよ」

「リラさん……」

「離れてても、あたしたちはいつも近くにいる。4人で11ヶ月、過ごせてとっても楽しかった」

　すすり泣く声が聞こえたので、誰が最初に泣き出したかと見回したら、たこ焼き屋の兄ちゃんだった。

「ええ話や……」

　おかげで4人は涙を流すタイミングを逸した。

「じゃあ、そろそろ行かなきゃいけないかな」

　リラさんが立ち上がった。いよいよお別れだ。このつらさを誰かと共有したくて、歩きながら芳彦先輩にささやいた。

「先輩、大丈夫ですか？　リラさんいなくなって」

「オレ、ちょっと冷静になったから。やっぱ一条リラって別世界の人間じゃん？」

　あまり痛みを感じていなさそうな顔を、ぎゅーっとつねりたい。

　出国ゲートはいつになく混んでいて、「リラさん、空いてるからギリギリまで、まだ大丈夫でしょ」と引き止めることができなかった。

「じゃあ、清華ちゃんは来月会おうね。真琴ちゃん、芳彦くん。黄桃学園大学をよろしくね！」

　軽やかに手を振って、リラさんは背中を向けた。キュロットと同じ緑色のリュックがおしゃれだ。

「そうだ！　リラさん」

わたしは呼び止めた。

「何？」

「リラさんが、あらゆる映画のなかで、一番好きな映画って、なんですか？」

うーん、と、顎に手をあてて天井をしばし見ていたリラさんは、やがて、うんうん、とひとりうなずいた。

「『ビューティフル・マインド』かな」

「どんなところが？」

「博士に対する奥さんの献身的な愛情。あとは、驚異の大どんでん返し。あたしも、人をびっくりさせるような生き方がしたいから～。真琴ちゃん、ポータブルブルーレイディスクプレーヤーで、ぜひ観てみてね」

「わ、わたしがプレーヤー買った、ってどうして」

「実はね、あたし、見てたんだ」

「え？」

「あの日、あたしを駅で降ろしてくれてから、真琴ちゃん、クリスタル電器に行ったでしょ。くっついていってたんだ」

「リラさん！」

「じゃあ、『ビューティフル・マインド』観てね。そしてあたしの人生と重ねてみて～」

ばいばい、と手を振って、今度こそリラさんは、ゲートを通り抜けていってしまった。

姿が見えなくなってから、わたしは挨拶を忘れていたことを思い出して、ひとり口のなかでもごもご言った。

「リラさん……さよなら」

＊

「そして、わたしたち2人だけになっちゃいましたね」

再び秋がめぐってきた。食堂から見える銀杏が、そろそろ黄葉しはじめている。わたしの言葉に、芳彦先輩はフンと鼻をならして、ハンバーグを頬張った。こっちはもう食べ終わっているのに。相変わらずノロい。

「一緒にするなよ。あんたには、大浦センセがいるだろ。オレは本当のひとりぼっちなんだからな」

「わ、わたしと大浦先生は別に何も始まってませんよ！」

「うそつけ、こないだ駅前のイタリアンのテラスで、ふたりでピザ、あーん、ってやってたろ」

「え……」

「あーあ、いいよ、俺はもう仕事に生きるよ」

「また、面接したかわいい学生が、先輩のことを好きになってくれるかもしれませんよ」

る。

「もういいんだ。そういうのは。清華だけで」

先輩はすっかり食べるのをやめてしまって、空に浮かぶいわし雲をぼんやりと見ている。

「じゃあ、お先に戻ってます」

缶コーヒーを買って、事務室に戻ったわたしは、パソコンに向かった。窓口には、秋から入った新人の鈴村さんがついていてくれている。総務課は3人に増えて、前よりは少し楽になりつつあった。

電話が鳴った。

「はい、黄桃学園大学です」

出ると、少し電話が遠い。

「ハ〜ロゥ」

え？　まさか。もしかして。

「真琴ちゃ〜ん？」

「リラさん！　お、お、お、お久しぶりです。どうしてますか。清華ちゃんとは会ってますか。彼とはうまくいってますか。突然の電話、どうしたんですか！」

「Ｓｏｒｒｙ！　今、職場からなので用件のみなんだけど」

「は、はい」

「清華ちゃんがこっちに来てから初めて、昨日、一緒にゆっくり晩ご飯食べたんだけどね。新事実が明らかになった」

「なんですか」

「彼女がロスに来た理由」

「リラさんを追って、映画の勉強をしたかったから、じゃないんですか？」

「それは2番目の理由。1番目の理由は別にあるの」

「1番目……？」

「今でも、芳彦くんのことが好きなんだって」

「な、なんだってー⁉」

事務室にいる全員が、わたしのほうを見ている。窓口へ相談に来ている学生さえ。す、すいません！　と会釈して、声をひそめた。

「どっどういうことですか？」

「要するにね、清華ちゃんの気持ちは何一つ変わってなかったんだって。ストーカーするくらい好きだった芳彦くんを、あたしのホラ話であきらめたわけだけど、心の底では気持ちがどうしても切り替えられなくて」

「あ、でもほら、『山びこモーニング』のプロデューサーだかディレクターのことが好きだって。すぐ気持ちが変わったようなこと、言ってませんでしたっけ」

「あれは、芳彦くんを安心させるためについた嘘なんだって」

「ええぇ？」

「あの頃の清華ちゃんの気持ちとしては、芳彦くんと〝仲間〟っていう関係でもいい、とにかくそばにいられたらうれしかった、と」

「だったら、どうして留学なんか」

「つらくなった、って言ってた」

「え」

「いつまでたっても、芳彦くんは仲間のまま。それどころか——これは清華ちゃんの勘違いだと思うけど——芳彦くんは、あたし、つまり一条リラのことが好きらしいっていうのを感じて、それでこれ以上そばにいたらつらすぎる、って留学を決めたんだって」

清華ちゃんの勘違いではないんですよ。と、いまさら言う必要はないか……。

「もしかして、前に清華ちゃんの家に行ったとき——」

わたしは思い出した。そうだ、清華ママは、芳彦先輩に会った瞬間、顔を伏せていた。きっと娘の失恋を知っていたんだ……。

「そう。だからママもパパも留学には大賛成してくれたんだって。娘の心の傷が、それで癒えればって」

「リラさん、芳彦先輩には、これ言わないほうがいいんですよね。今でも清華ちゃんが自分のこと好きだなんて、思いもよらないだろうから」

ガシッと肩をつかまれた。ギョーテンして飛び上がると、背後には、

「なんだって？」

芳彦先輩が立っていた。

まさかまさかの…

「思いもしなかったよ。清華が今でもオレのことを」

うめくように芳彦先輩は言う。リラさんから連絡のあった昨日以来、同じ話を50回以上、繰り返している。

「人事課ミーティング、そろそろ始まるんじゃないですか？」

「今日は、議題がないから中止。はぁー」

わたしのほうは業務が多いので、あなたのため息にずっとつきあっているわけにはいかないんですけど。と思いつつも、

「わたしも驚きました。けど、芳彦先輩がそこまでびっくりするとは意外です。苦笑いして終わりかと」

「びっくりした、っていうかさ……。だってああいうタイプの子って、熱しやすく冷めやすいと思ってたんだ。気味が悪いくらい、ストーカーっぽく入れこんで、でももし気持ちに応えてやったら、ある日すっと飽きてどっか行っちゃって、こっちがバカを見る、みたいな」

「清華ちゃんは、そういうタイプじゃなかった、ってことですねぇ」

「不器用なだけだったんだな。本当にピュアな子。オレ、最初の頃、ひどい対応してた

よな」

　そうでもありませんよ、とはさすがに言えない。まとわりつくカナブンをハンマーでぶちのめす、くらいの勢いだったから。

「オレ、どうしたらいいと思う？」

　1年前、2年前のわたしだったら、恋愛相談をされたらギョッとして、凍り付いてしまっていただろう。なのに、ふしぎだ。今はどちらかというと、「よくぞ聞いてくださいました」という気持ち。

「リラさんに伝えてもらったら、どうですか。清華ちゃんのこと、恋愛感情はないけど、でも、仲間としては大切に思ってるから、帰ってくるの待ってる、って。それか、清華ちゃんにさりげなくメール送ってみるとか。込み入ったこと書かなくても、こっちの近況報告だけでも、きっと彼女は——」

「いや、そんなんじゃダメだ」

　思いっきりダメ出しされてしまった。むぅ、せっかく自信を持ってアドバイスしたのに。

「オレ、LAに行ってくる」

「はっ？」

「彼女に直接会って、伝えてくる」

「な、何をですか」

「待ってる、って」

「そんなことしたら、かわいそうじゃないですか。彼女がまた勘違い——」

言いながら、気づく。え、もしかして勘違いじゃないいってこと!?

「別に清華がもともと嫌いだったわけじゃないんだ。理性のなせる業だよ。学生と職員の恋愛って、禁止はされてないだろうけど、なんかヤバイだろ。だから、自分のなかの制御システムが働いたんだ」

「はぁ……」

そうだっけ。あの頃、本気で嫌がっていたような記憶があるけど。いやでも、止める理由なんて一つもない。

「行くなら早く行ったほうがいいですよ」

「でも、その前にオレ、パスポート取らなきゃ。一度も海外に行ったことないんだよ。今から早退して、とってくる」

驚異的なスピードで、芳彦先輩はパスポートを取得し、航空券をとり、5泊7日の日程で旅立っていった。

＊

「そして誰もいなくなってしまったわけだね」

大浦先生が、微笑む。

「そう。もっとも、芳彦先輩は来週末には帰ってくるんですけど」

わたしは半分上の空で、家から運んできたハカラメちゃんを、リビングのソファの横に置いた。ここがいいかな。いや、もう少しずらしたほうが、日光によくあたるかも。

先生のマンションは広々とした2LDKだ。最上階の5階だから、天井に明かり取りの窓がある。そこから昼間は日光がさんさんと差し込むため、南国の植物にとっては冬をすごしやすいだろう、ということになり、運んできたのだ。

「で、君も来週いなくなっちゃう」

先生が口を尖らせるので笑ってしまった。

「たった1泊2日じゃないですか」

「敬語はいらないってば」

「たった1泊2日じゃないの。それも遊びじゃないんだし。学部の新設の件で、学長と理事長と一緒に文科省に行ったりとか、予定いっぱいで大忙しの出張なの。本当は総務部長が行くべきなんだけど、わたしはもうひとつ別の用事があるから、ついでってことで」

「別の用事って？」

「前理事長のお見舞い。リラさんのおじいさま。東京の病院でずっと治療を受けられてるんだって。わたし、一度もお会いしたことないから」

「リラさんに、会いに行くよう頼まれたわけ？」

「ううん、逆なの。おじいさまのほうから、わたしに会いたいってご指名。多分、リラさんからいろいろ話を聞いてるんじゃないかな。わたしたち、一番の友達だから」

「え〜」

大浦先生が、不満そうな顔をした。

「君にとっての一番は、僕じゃなきゃヤダ」

そう言って、先生が何かを差し出している。銀色に鈍く光っているものは——。

「この部屋の合鍵だよ」

うわ。失神しそう。

＊

「君が、小平真琴さんか。リラが大変お世話になったそうだね」

ベッドの上の老人は、ビロードのガウンを優雅に羽織って、ゆっくりとスリッパを履いた。

「おかげんいかがですか」

「半年前に大腿骨を骨折してから、足腰の調子がどうもよくなくてね。でも、内臓はまだまだ元気なんだよ」

その言葉通り、杖をついているという以外は、とても血色もよくて元気そうだ。

「おい、君らは1時間後に戻ってきたまえ。わたしは真琴さんとだけ話をしたいんだ」

部屋の隅にいた芹沢理事長と古田学長が追い出されていく。そして、一条徳丸前理事長は、つるつるの頭をなでながら、わたしに椅子を勧めた。

「さぁて、何から話そうかな」

座るとちょうど目の前に、ＤＶＤのラックが見えた。個室だから、映画を好き放題観ているらしい。３００枚はあるだろうか。

「君は、リラの一番好きな映画を知ってるかな」

「『ビューティフル・マインド』だと聞きました」

「どんな話だか知ってるかい？」

「はい」

空港にリラさんを送った帰りに、速攻でレンタルショップに行った。でも思い直してレンタルはやめて、買った。リラさんとの想い出の品を、ひとつ増やしたくて。

「あれはね、非常によく計算しつくされた作品だよ。アカデミー賞では作品賞や監督賞はもちろん、脚色賞も受賞している。観ていた人間が驚愕する。しかし、そのどんでん返しは決して人を不快な気持ちにさせない。むしろ心温まるものになる」

ふぅ、と前理事長は大きく深呼吸した。

「リラは、ストーリーアナリストなんでね。シナリオライターではない。だから、あの子が作ったシナリオは、『ビューティフル・マインド』に比べると、正直完成度が低くてね。観た人が、そのどんでん返しに不愉快な気持ちを抱くかもしれない」

「そんな……。観てみたいです。リラさんの書いたシナリオ」

「君は、もう観てるんだよ」

「え？」

「どうか、リラを嫌いにならないでほしい。と先に言っておく」

「はぁ……」

何を言っているのか、全然わからない。大浦先生に、一緒に来てもらって、解説してほしかった。

「リラが、初めて大学に来たときのことを覚えてるかい？」

「もちろんです」

「彼女はどうして黄桃学園大学に来たと説明していた？」

「ロスで、失恋——あ、いえ、人間関係に疲れて——それで、日本に帰ってきた、と」

「それは、日本に帰ってきた理由でしょう。東京にも映画の制作会社はいっぱいある。なぜ、そこには行かず、地方の黄桃学園大学にわざわざ？」

「それは、わたしのほうが聞きたかったです。でも、聞いちゃいけないと思って、敢えて——」

前理事長は、こちらを拝むようにしてパチンと手を合わせた。

「わたしが頼んだからなんだよ」

「え？」

「わたしがリラに頼んだんだ。黄桃学園大学のなかで、廃校に向けて動こうとしている人間がいる。1年間でその様子を探って、解決してくれ、と」

「よくわかりません。あの、どうして、1年……」

「リラは、ビザが切れたんだ」

「は？」

「アメリカでは、グリーンカード、つまり永住権を得ない限り、働いている外国人は6年後――厳密には3年プラス更新分の3年なんだが――いったん国外に退去しなくてはならないんだ。その期間は1年。それが過ぎたら、またアメリカに再入国を許される」

「え、それって、あの」

「つまりリラは、その1年の間、日本に戻ってきていた。ちょうど去年の8月1日に帰ってきた。1ヶ月の間、一緒に作戦を練って、それから9月1日に、黄桃学園大学に中途採用のかたちで入ったというわけなんだ。わたしがそんなややこしい頼みをしなければ、彼女はディルと結婚してグリーンカードを取得するという手もあったのに。申し訳ないことをした」

「え、ちょっと待ってください。じゃあ、失恋っていう話は――」

前理事長は、つるつる頭をたたいた。パコッと、コントみたいないい音がする。

「しまった！　ここの部分は永遠にナイショにしておいてくれって、リラに頼まれたのに」

大腿骨骨折だろうがなんだろうが、前理事長に詰め寄って襟首つかまえたいところだった。そのかわりに、クッションの端をぎゅうとにぎりしめる。

「ちゃんと説明してください」

相手が偉い人だということ、すっかり忘れてしまった。

「ええと、そのう。リラはすでにストーリーアナリストから映画プロデューサーに転身しているんだよ。そのプロデューサー職での1発目の映画が、デイル・ソーサー監督の作品と決まっていたんだが、監督は別の作品で忙しくてね、今年の夏まで身体が空かなかったそうなんだよ。だから、どうせその間は動けないし、日本に帰ってもいい、っていう話になってね。それがすべての始まり」

やられた。

ようやくすべてがわかった。

突然現れた一条リラ。大学じゅうをかき回し、ミスコンで暴れ、黄桃太郎を生み出し、受験者を増やし、社会人講座を実現し、学長と理事長の企みを見破って、廃校の危機を見事救い、8月1日に成田空港から飛び立っていった。

できすぎ。たしかに、計算されつくしてますよ。

「リラに、頼まれたんだよ。親友をいつまでもだましておくのは申し訳ないから、おじいちゃま、裏事情を説明して謝ってくれ、って。でも、謝られても、許せるものではないよねぇ」

伏し目がちの前理事長に、わたしは今、どんな表情をしているんだろう。

大笑いしたいキモチもあった。リラさん、『ビューティフル・マインド』並みのどんでん返しをありがとう。まさかあなた自身のこの1年間が、すべてシナリオに基づいていたなんて、思いませんでした！

でも、笑えない後味の悪さがある。今、前理事長が話したとおり。どんでん返しはあるけれど、完成度は低い。だって、だましていたってことでしょ？　真剣に恋愛相談に乗っていたわたしのこと、陰で笑ってた？　デイルに逐一報告して、おかしな子だね！って言い合ってた……？

昔の自分だったらきっと、「忘れよう」と思ったはず。どんでん返しでやられっぱなしのまま、彼女の記憶が薄れるのを、ただ待っていたはず。

でも――今のわたしは違う。

シネマガール・リラさんには遠く及ばないものの、2日に1本は映画を観ている。いろんなストーリーに触れて、最近はダメ出しだってできるようになった。

だからこそ、思う。

ここでリラさんの思うとおりのエンディングを迎えるわけにはいかない、ってこと。

「前理事長。どこに行けば、リラさんに会えますか！　いえ、彼女が住んでいるロサンゼルス以外で」

わたしとリラさんが揉める場面、清華ちゃんには見せたくなかったから。

再会は〝映画の島〟で

小型ジェット機は、ちぎれ雲の上を、軽快に飛行していく。眼下には、真っ青な海。ときどき黒い塊が海上に浮かんでいて、クジラじゃないかと思うけど、さすがにそんなでかいクジラがいるはずはなくて、実際は岩礁もしくは船だった。

ハワイのホノルルを離陸してから20分。間もなく飛行機はリフェ空港に着陸する。

「言ったっけ。カウアイ島ってね、いろんな有名な映画撮ってるの」

「へえ、たとえば？」

わたしの言葉に相槌を打ったのは、英太だ。いや、この言い方、照れる。不自然。やっぱり元の言い方に戻そう。大浦先生。

「たとえば『ジュラシック・パーク』や『6デイズ／7ナイツ』とか」

「へえ！」

「ディズニーファンに大人気のアニメ『リロ&スティッチ』だって、カウアイ島が舞台なの」

「知らなかった～。真琴ってさ、ほんと映画くわしいよね。僕も映画は好きだからさ。趣味が合ってうれしいよ」

それがごく最近の趣味だということを、彼はいまだ知らない。

「で、リラさんも、そこで撮影をしている、と」

「おじいさまに会ったときは、春頃ってことしか聞けなかったんだけど、清華ちゃんに詳細調べてもらったから、確実だと思う」

「だったら、昨日の僕らの結婚式に出てもらったらよかったのに」

「ダメ。それじゃ、びっくりさせることにならないもん」

「ほぅ、びっくりさせることに意義があるわけね」

飛行機が、急速に高度を下げていく。雲が増えてきて、その間から奇岩が顔をのぞかせる。

機体はなめらかに地上へすべり込んだ。

「真琴、あれがバードオブパラダイスだよ」

ゲートを出るなり、大浦先生のテンションが上がった。彼の指した方向には、本当に鳥みたいな恰好をした青と黄色と紫のカラフルな植物が、つんとトサカをつきたてるように咲いている。

「まあ、バードオブパラダイスは全然めずらしい植物じゃないんだけどさ。あれを見ると南の島に来たという感じがするね。それより楽しみなのは、シダの観察だな。前にも言ったけど、カウアイ島の山頂部分は世界でも有数の、雨の多い地帯でね。だから、ガーデンアイランドとも呼ばれていて、植物を研究する人間にとっては、最高の環境なんだよ。だから君が行きたいって言い出してくれてうれしかった」

先生がまたオタクな一面を出して、はしゃいでいる。

「わたしは驚いたけどね。あなたの発言」

「なんだっけ」

「どうせなら結婚式をホノルルで挙げて、カウアイ島に移動すればいいじゃない？　なんて言われて。うちの両親も突然の話にボウゼン」

「まあ、世間的にはまあまあスピード結婚かもしれないけど、でも出会ってからをカウントすると長いよね。学生時代に君と初めて会ってから、もう6年？　7年？」

「そのときのこと、覚えてないくせに〜」

「細かい事は気にしないの。結婚するならこの時期がベストだしさ。クジラがハワイにいるのは、冬から春の間だけだから。見たいでしょ？　君も」

先生の運転するレンタカーで、島の北側のホテルに向かう。観光客の大半は、島の南側に滞在するのだけれど、キラウエア灯台という野生動物の保護地区が北海岸にあって、そこにぜひ行きたいというのが先生のたっての願いなのだ。

「え、ホテルよりも先に灯台行くの？」

「うん」

わたしは、本当はホテルにチェックインして、コンシェルジュに「映画のロケ部隊は島のどのへんにいるか」とリサーチしたかったんだけど。

車は途中で右に折れて、長い一本道をさらに北へ向かう。電柱がどこにもない。夜になったら、ヘッドライトだけが頼りになりそう。

案外ワイルドで大きい島であることに、わたしは当惑していた。こんなに広くて出会えるのだろうか……リラさんに。『ジュラシック・パーク』は島の西部の、人間が立ち入れないような深山幽谷で撮影されたという。彼女もそんな場所で映画を撮っているのだとしたら……。

しかし、大浦先生は、そっちの用件をすっかり忘れてしまっている。

「海が見えてきたね！　あそこにいるの、アルバトロスだよ」

「アルバトロス？」

「アホウドリのこと」

駐車場に車を停めるやいなや、先生はフェンスから海辺の崖を指差す。アルバトロスのほかにも、無数の鳥たちが空を舞っている。

「観光客があのへんにいっぱいいるね。きっとクジラが見えるんだ」

先生がわたしの手を引っ張る。まるで人力車か、というくらいの勢いで。

「ちょっと待って！」

不意にわたしは立ち止まった。

「リラさんがいたの？」

「そんな都合よく見つかるわけないよ～。第一、ぐるっと見回して、黒髪の日本人ひとりもいないじゃない？　ただ、ちょっと気になることがあって」

「ふうん。じゃあ、先にクジラ、見てていい？」

「はいはい、どうぞ」

小走りに、灯台の奥のフェンスへ向かう先生を見送ってから、わたしはゆっくりと振り向いた。

あの外国人女性。

背が高くって、ふくよかで、顔のパーツが肉に埋まり気味で。

見たことがある。というより、一緒に仕事をした！

あのプールサイドで。

彼女は黄桃太郎のキャラクターを生み出したキャロラインに、あまりにもそっくりすぎる。

なんて言えばいいんだ？　マエニモ、オアイシマシタヨNE？　ワタシヲ、オボエテマスカ？　誰か通訳してくれ〜。

そこで、混乱していることを自覚した。彼女は片言の日本語がしゃべれたではないか？

「あの、すみません」

違ったら、即、ソーリーソーリーと撤収できるよう、やや逃げ腰で。

「キャロラインさんですか？」

しかし心配は無用だった。キャロラインは大きく目を見開いて、

「アアッ、アナタ、マコト！」

力強く抱きしめてきた。自分の体感的には「覆いかぶさってきた」といったほうが近いけれど。

「キャロラインさん、どうしてここに？」

「リラ、イッショニイマス。イマ、MOVIEノタメ、アルバトロス、シラベテマス」

「え」

「MOVIEノ、シュジンコウハ、アホウドリノケンキュウ、シテ、カウアイニ、ウツリスンダ、セッテイ、ナンデス。リラ、リラ〜！」

海を越えて日本まで届くかと思えるような大声で彼女が吠えると、ばばっと周囲のほぼ全員が振り返った。約80人。そのうち、みんなすぐに目線を海面に戻したり、おしゃべりを再開したりして……でも、ひとり呆然と立ち尽くしたままの女性がいた。

見覚えのあるグリーンのキュロット。上は、きっとここへ来てから買ったのだろう、ハイビスカスのTシャツだった。きらめいているペンダントは、黄桃太郎。

髪の長さは相変わらずだけど、ド金髪に染めている。これじゃ気づくわけない。

彼女の口がぱくぱくと動いた。

ま、まこと？

多分、そう言っている。

次の瞬間、彼女はダダダダーッと駆け出した。わたしも走り出す。抱きしめるのか殴

るのか、まだ決めてなかった。それで地球と隕石の衝突みたいに、不器用に激突して、

「イッター」

同時に額を押さえてしゃがみこんだ。

「こんなにびっくりしたのは人生初めて。ほんとに！　また会えてうれしい！」

リラさんはそう言って、抱きしめてくれるのだけれど……。わたしのほうは、殴る気はさすがに失せていたものの、「わーい、リラさぁん」と能天気に振る舞う気にはどうしてもなれなかった。

「あの、リラさん。少しだけ、ふたりきりになれますか？」

＊

灯台を離れた車は、10分ほど走っていったんハイウェイに出て、再び小道をゆるゆると下って海岸に出た。運転はリラさんだ。

「ここ、アニ・ビーチパークっていうの。穴場の海岸なんだ」

車を降りると、強風にあおられた。海上でカイト・サーフィンの上級者が派手にジャンプした。道の反対側は牧場で、馬が2頭、茶色のたてがみをなびかせて悠然と闊歩している。

わたしたちは、珊瑚礁に囲まれた入江をゆっくり歩いた。

置いてけぼりにしてきてしまった大浦先生のことが気になる。用件をさっさと済ませ

ないと……。もっとも彼は、わたしのことなんか忘れて、アルバトロスやクジラに、夢中になっているだろうけれど。

「リラさん」

「ごめんね。ふたりきりで話をしたい、って、あたしがいろいろやっちゃった件でしょ？」

それを聞いて、思わず厳しい言葉を投げつけてしまった。

「先回りしないでください。わたしが順を追って話しますから」

「うん……」

「前理事長にお目にかかって、くわしいこと、お聞きしました。とってもびっくりしました。リラさんが、1年だけの期限付きで帰国して、大学を立て直すっていう目的を持って、黄桃学園大学に入ってきて、見事それを成し遂げて帰っていって……。ひとつの映画みたいだと思います。その登場人物にしてもらえて、うれしいなぁ、っていうキモチ、とっても大きいんです」

そう言いながらも表情の硬いわたしに、リラさんもその先の言葉を察しているようで、相槌を打たずに聞いている。

「でも、どうしても許せないなって、思うことがひとつだけあって。それをリラさんに問いただしたいと考えて、それでこの島に来たんです」

わたしはグアバの幹に手をついた。支えになるものがほしくて。

「どうして、自分の恋愛ストーリーが作れないなんて、ウソをついたんですか？　彼と本当はうまくいってたのに、まるで恋に破れて絶望して帰国したようにふるまったんですか。わたしを味方につけるため？」

リラさんは答えない。

「どれだけ本気で心配したか、わかってますか。ラブストーリーの映画、何本観たと思ってます？　少しでもリラさんの役に立ちたくて。それを陰で笑っていたのだとしたら、わたしは――」

「笑ってなんかいない！」

リラさんが、激しい口調で遮った。遠くで牛がモーゥと鳴いている、ゆったりとした空気のなかで、ここだけが張りつめていた。

「笑うわけがない。真琴ちゃんが一生懸命考えてくれること、すごくうれしくって。ウソをついていることが申し訳なくって。夜、家に帰ると自己嫌悪で泣いたこともある」

「まさか」

「ほんと……」

「だったらどうして！」

「心配だったの」

振り絞るような声のリラさんに、わたしはハッとした。

「何が……ですか？」

「最初からあたしは1年でアメリカへ帰ると決めてた。そのあとはもう、真琴ちゃんの恋愛相談に乗ってあげられない。真琴ちゃんは、恋の話がとても苦手だって言ってたよね。あたしがアドバイスできなくなったら、大浦先生とどうなっちゃうかな、って、それが心配だったの」

「え……」

「恋愛が苦手だっていうコンプレックスなくせば、あたしが消えても、大浦先生と一対一で向き合えるようになる、って思って」

たしかにそうだ。リラさんが来る前のわたしは、もし大浦先生とどこかで出会うことがあっても、そのチャンスをどうすることもできなかっただろう。

「コンプレックスをなくすためには、恋愛のことをいっぱい考えて筋トレみたいに力をつけていくことが必要で……。だからわたしは、真琴ちゃんにウソの恋愛相談したの。なぜかって、真琴ちゃんは自分自身のことよりも、友達を想ってくれる人だから。わたしが困ってるって知ったら、すごく一生懸命考えてくれると思って」

思いがけなさ過ぎる答えに、今度はわたしが絶句する番だった。リラさんは、どこまで先を見抜いてストーリーを作っていく人なんだろう。

そしてそのストーリーどおりだった。彼女がそうやって、恋愛へのコンプレックスを取り除いてくれたおかげで、わたしは大浦先生と結婚することができて、無事に挙式を終えて、今カウアイ島のこの地に立っている。

「ごめんね」

リラさんが90度の角度で頭を下げた。わたしは幹から手を放して、リラさんのそばへ近づいていった。

「わたしのほうこそ……。リラさんはいつでもわたしのためを思ってくれるってわかってたはずなのに、また疑ってしまって……」

彼女に負けないように、思い切り頭を下げたら、

「イタッ」

わたしの額が、リラさんの後頭部に激突した。

*

「おいしいディナー食べよう」

リラさんたちが連れて行ってくれたのは、ハナレイにある「ドルフィン」という、シーフードの店だった。ハナレイは、昔の名画『南太平洋』のロケ地として有名だ。ほんと、ここはシネマアイランド。

オープンエアのテラス席で、外のたいまつがゆらゆらと、リラさん、デイル、キャロライン、そして大浦先生の顔を照らす。デイルは、髭と髪の毛の境目がよくわからない、もじゃもじゃな人だった。HAHAHAHA！　と限りなく陽気に笑う。

斜め前のテーブル席の人たちが、ちらちらとこちらを見ている。デイルは、アメリカ

では新進気鋭の監督として、知名度がぐんぐんアップしているそうだ。まだ日本では1本も公開されてないが、それも時間の問題とのこと。

今回、わたしはてっきり映画の撮影だと思っていたけれど、実はその前のロケーションハンティングなのだとか。

「さっきキャロラインさんにちょっと聞きました。アホウドリの研究者が主人公なんですか」

わたしが聞くと、リラさんは答える。

「キャロラインは、あなたを部外者だと思って、ストーリーをぼかしたんだわ。でも、秘密を守ってくれるって信じてるから話しちゃう」

「はい」

「主人公はプロゴルファー。人生でたった一度、アルバトロスを経験したの。アルバトロスっていうのは、バーディーの上のイーグルよりさらに上。つまり、もう歴史に名前が残るくらいすごい奇跡的なスコアなわけ。だから主人公はその栄光が忘れられなくて、かえって競技人生ぼろぼろになっちゃって。それで傷心のままカウアイ島に来るの。そしたら、鳥のアルバトロスがいて、最初はムカつくんだけど、でもだんだん興味をもって自己流で研究を始める。そのうち1羽のアルバトロスと心が通い合うようになって、というハートフルヒューマンストーリー」

「そのシナリオって、リラさんが書いたんですか？」

「わたしとディルのふたりで、ね。えへへ」

ディルがえへへへと笑い返す。このふたり、なんか似たもの同士だ。

「で、キャロラインさんも来てるってことは、そのアルバトロスのフィギュアをつくるのが、彼女の役目なんですか？」

「なんのこと？」

「だってハリウッドで有名なフィギュア作りの名手なんですよね？」

リラさんは一瞬ぽかんとして、それからまたペコッと頭を下げた。

「ごめん！　言うの忘れてた」

「え？」

「彼女は、今回は自分の仕事じゃなくて、弟のマネジメントを兼ねて来てるの」

「弟……？」

「キャロラインは、実は、ディルのお姉さんなの～」

「じゃあもしかして、キャロラインさんがリラさんのこと『大切なイモウトだから』って言ってたのは、比喩(ひゆ)じゃなくて……」

「うん、本当の義妹(いもうと)。てへっ」

もう「ええー」と叫ぶのにも飽きた。というか慣れてきた。いちいち突っ込むのも面倒になって、話題を変えた。

「そういえば芳彦先輩、清華ちゃんが帰国して大学出たら結婚するなんて言ってますよ」

リラさんが歓喜の声をあげる。

「うわー。めでたいよね。なつかしいなぁ。4人いっしょだったあの頃。なんていうか、あたしたちって、アレみたいだよね――」

ぴぴっと、予感がした。きっと彼女は何か映画の薀蓄を語ろうとしている。わたしが先んじてやる。

「ねえ、リラさん。わたしたちって、『ラブ・アクチュアリー』に似てません？」

シュリンプを3つ同時に口へ放り込んだのを丸飲みしてしまって、リラさんは目を白黒させている。

「あたしも今、それを言おうと思ったの！」

「あの映画って、いろんなカップルの群像劇ですもんね。それぞれの愛を紡いでいる人たちが、同じ空間に存在して。自分には自分のストーリーしか見えないけれど、人って誰もが主人公で、無数の物語をこの世に生み出してるんだなぁって感じさせてくれますよね」

「もう言いたいこと、全部言われた～」

リラさんがくやしげに、サラダの一気食いを始めた。

「あの、リラさん」

「ん？」

「わたしと大浦先生の未来のストーリー、つくってください。50年たっても幸せいっぱいなやつ」

「じゃあ、アルバトロスの映画が終わったら、次は、大学のプロフェッサーと職員の恋物語をつくろうかな」

「よろしくお願いします」

わたしよりも先に、大浦先生が微笑みながらそう言う。その傍らでディルが客のサインに応じている。わたしはリラさんに念を押した。

「その映画、小道具は、何にしたらいいかわかってますね？」

「なんだっけ」

「ハカラメですよ！」

リラさんは、マッシュポテトを食べきったところで、力強くうなずいた。

「了解！」

ハワイの暖かい春風が、テラスを吹きぬけていく。窓から椰子(やし)の木が見えて、その上で、月が明るく輝いている。どこからか、チチチ、とゲッコーの鳴き声が聞こえる。

このワンシーン、きっといつまでも残ると思う。小平真琴主演の、シネマのなかに。

解説

小島達矢（小説家）

小説よりも映画に触れる時間が長いくらいに、僕は映画が好きだ。趣味で映画の感想を語り合うインターネットラジオ「どいらじ」を配信したり、友人と自主制作で映画を撮ったりしていると、ときどき小説では問題にもならない壁の存在や、特有の不自由さを目の当たりにすることがある。映画づくりは多くの人の手を借りる以上、物語を生み出す能動性とは反対に、ある程度、作り手が受け身になる必要が出てくる。

一方、小説は自由だ。実体を持たない代わりに、文字だけで自在に物語を紡ぐことができる。他者のフィルターを介さず、直に思考を投影し、隅々まで作品のコントロールが行き届くおかげで、時折、予想もしない角度からぽろりと、作り手の人柄が顔を覗かせてしまうことがある。

この無防備さこそが、映画にはない、小説の醍醐味だ。

本書を読んだ人は、きっとこう感じたのではないだろうか。「あ、この著者いい人だ」と。作中で扱われる映画のセレクトから、キャラクターの心理の機微に至るまで、人柄のよさが滲み出ているのだ。実際、吉野さんは僕にとって先輩作家でありながら、優しい姉のような存在でもある。

本書『シネマガール』の主人公、小平真琴は、恋愛に臆病な二十代半ばの大学職員だ。自分には到底できない行動をさらりとやってのけてしまう、一条リラに影響され、彼女のような理想の女性像を追い求めて、片っ端から映画を貪ることになる。

そのひとつが『**きみに読む物語**』だ。多くの映画ファンが「泣ける恋愛映画」に挙げる本作は、身分違いの恋愛を描いた、現代版『ロミオとジュリエット』とも言うべき映画だ。すれ違いによる悲恋で終わらず、真琴が言うように、すれ違っても「決してあきらめない話」として描かれているため、主演を務めたライアン・ゴズリングとレイチェル・マクアダムスが実際に恋仲になったエピソードも含めて、憧れの美談として広まっている。

物語は若者と老人パートを行き来しながら、原題のとおり「The Notebook」を通じて、彼らの過去と未来を結んでいく。愛する者のために献身的に尽くす姿は、だれにでも真似できるものではなく、その揺るぎない愛情に、真琴はリラと重ね合わせて自分に足りない「得るべきもの」を感じ取っていたのかもしれない。

この映画が気に入った人には、ぜひ『やさしい嘘と贈り物』も試してみてほしい。

献身的な愛の物語といえば、リラがいちばん好きだと語る『**ビューティフル・マイン**

ド』も負けず劣らず傑作だ。

この映画は、ノーベル賞を獲得した天才数学者ジョン・ナッシュの半生を描いた伝記映画でありながら、途中から情緒不安定なニューロティック・スリラーに変貌していく。古くは、失踪した娘の実在すら疑われてしまう『バニー・レークは行方不明』など、「狂っているのは世界か、はたまた自分か」と見分けがつかなくなるジャンルだが、大抵、周囲に惑わされず自らを信じ抜くことで困難を乗り切れるものだ。しかし本作は、ナッシュ自身も現実を見失ってしまい、結局、最後まで信じて支えてくれたのはただひとり、妻アリシアだけだった。

この映画におけるどんでん返しを、真琴が心温まる演出だと捉えられたのならば、人をびっくりさせる生き方をしたいと考えていたリラの人生を、より正確に汲み取ることができたのかもしれない。恋愛映画は「恋が成就するまで」をハッピーエンドとするものばかりだが、「愛を認識してから」得られるカタルシスにも捨てがたい喜びがある。

現実と虚構に苦悩する男といえば、『トゥルーマン・ショー』も忘れてはいけない。

生まれた瞬間から、主人公トゥルーマンはリアリティ番組の主役になる宿命を背負い、自分以外すべて仕掛け人の巨大なセット内で、大衆に娯楽を提供するためだけの「偽りの人生」を送ってきた。コメディ俳優、ジム・キャリーが演じているおかげか、はじめは微笑ましく観ていられるのだが、ひとたび彼が現実に不信感を抱くと、映画を傍観している我々も、まるで彼から大切な人生を取り上げている共犯者のような気がしてきて居た堪れなくなる。

リラの言う「見方を変えれば、世界がまるで違って見える」は、主人公からすれば「閉じた世界から脱する」希望的な着地に思えるが、面白がっていた観客からすれば、たちまち立場が逆転し、「どこに開けた世界があるのだ」とシリアスな問題提起となってしまうから恐ろしいものだ。『マトリックス』『インセプション』など、世界の真偽について疑念を抱く題材は数知れないが、これほど現実と地続きに感じられる映画は珍しい。

アメリカン・ニュー・シネマの系譜を継ぐ**『テルマ&ルイーズ』**は、ドライブに出かけた女性二人組が、些細なきっかけで殺人を犯し、一転して出口の見えない逃避行に追い込まれるロード・ムービーだ。冷静で肝の据わった姉貴分ルイーズが、泣き虫で世間知らずなテルマを引き連れ、取り返しのつかない危機からどうにか回避しようと奔走する。

真琴が「互いを裏切らない話」だと紹介された本作だが、決してもとから二人に強い絆があったわけではない。むしろルイーズは、テルマを侮っていたのだ。まるで聞き分けのない子どもをあやすような態度で接し、保護者気分で振る舞っていたが、逃亡用の資金を盗まれて途方に暮れたとき、虚脱状態のルイーズを導いたのはテルマだった。皮肉なことに、二人は逃避行によって人間的に成長し、友情の真理に触れ、人生でもっとも輝かしい瞬間を共有したまま破滅していくのだ。

引き返せるチャンスは幾度もあったように思えるが、彼女たちの鬱屈(うっくつ)した感情や抑圧された生き方を正すには、とっくに手遅れだったのだろう。『エイリアン』をはじめ、リドリー・スコット監督が得意とするのは「すでに事態の歯車は回っていた」拠所(よんどころ)ない話であり、読者がページをめくった瞬間から、実は水面下で別のシナリオが動いていた『シネマガール』とも、構造的に通ずるのは面白い符合だ。

そして個人的に、もっとも著者の匂いを感じさせる映画のセレクトが『**ペイ・フォワード 可能の王国**』だ。

いまだ『シックス・センス』の印象が強い、天才子役ハーレイ・ジョエル・オスメントが演じる主人公トレバーは、社会科の課題で与えられた「もし自分の手で世界を変えるには、なにをすべきか」について考え、こんな答えを導き出す。「善意に見返りを求めず、別の三人に善意を施すように告げること」。恵まれた家庭で育ったわけではない少年が、なにより他者の幸福を考えたおかげで、課題を与えたシモネット先生を筆頭に、トレバーの生み出した善意の連鎖がネズミ算式に膨れあがり、大きな社会現象を引き起こしていくのだ。

この善意のバトンを、僕は吉野さんから一方的に受け取っている。恥ずかしながら、なにもお返しできていない。もちろん感謝の気持ちを、直接、本人に伝えていくことを忘れるつもりはないが、僕にとって、より多くの人に還元できる恩返しは、読者のみなさんと自作でお会いできるように邁進することだと思う。たとえ都合のいい解釈だとしても、「ペイ・バック」よりも、永遠に途切れることのない「ペイ・フォワード」へと繋げていくほうが素敵だ。


それから映画の楽しみ方を知った真琴に、僕はひとつだけアドバイスを送りたい。

「よかったら映画館に足を運んでみてほしい」と。

作品が一冊の本になることを想定しない小説家がいないように、家庭用のプレイヤーで鑑賞してもらうことを前提に映画を作っている監督なんていないからだ。きっと小さな画面では気づけない、新たな発見に出会えるだろう。そしていつの日か「シネマレディー」へと成長した真琴に、僕は会ってみたい。

参考資料

『ハリウッド脚本術　プロになるためのワークショップ101』ニール・D・ヒックス著／濱口幸一訳（フィルムアート社）
『アカデミー賞を獲る脚本術』リンダ・シーガー著／菊池淳子訳（フィルムアート社）
『時計じかけのハリウッド映画』芦刈いづみ、飯富崇生著（角川SSC新書）
『ストーリーアナリスト　ハリウッドのストーリー分析と評価手法』ティ・エル・カタン著／渡辺秀治訳（愛育社）

本書は二〇〇九年六月に小社より刊行された
単行本を加筆修正の上、文庫化したものです。

シネマガール

吉野万理子（よしのまりこ）

平成28年 12月25日　初版発行

発行者●郡司 聡

発行●株式会社KADOKAWA
〒102-8177　東京都千代田区富士見2-13-3
電話 0570-002-301（カスタマーサポート・ナビダイヤル）
受付時間 9:00～17:00（土日 祝日 年末年始を除く）
http://www.kadokawa.co.jp/

角川文庫 20098

印刷所●旭印刷株式会社　製本所●株式会社ビルディング・ブックセンター

表紙画●和田三造

ISBN978-4-04-104498-8　C0193

角川文庫発刊に際して

角　川　源　義

第二次世界大戦の敗北は、軍事力の敗北であった以上に、私たちの若い文化力の敗退であった。私たちの文化が戦争に対して如何に無力であり、単なるあだ花に過ぎなかったかを、私たちは身を以て体験し痛感した。西洋近代文化の摂取にとって、明治以後八十年の歳月は決して短かすぎたとは言えない。にもかかわらず、近代文化の伝統を確立し、自由な批判と柔軟な良識に富む文化層として自らを形成することに私たちは失敗して来た。そしてこれは、各層への文化の普及滲透を任務とする出版人の責任でもあった。

一九四五年以来、私たちは再び振出しに戻り、第一歩から踏み出すことを余儀なくされた。これは大きな不幸ではあるが、反面、これまでの混沌・未熟・歪曲の中にあった我が国の文化に秩序と確たる基礎を齎らすためには絶好の機会でもある。角川書店は、このような祖国の文化的危機にあたり、微力をも顧みず再建の礎石たるべき抱負と決意とをもって出発したが、ここに創立以来の念願を果すべく角川文庫を発刊する。これまで刊行されたあらゆる全集叢書文庫類の長所と短所とを検討し、古今東西の不朽の典籍を、良心的編集のもとに、廉価に、そして書架にふさわしい美本として、多くのひとびとに提供しようとする。しかし私たちは徒らに百科全書的な知識のジレッタントを作ることを目的とせず、あくまで祖国の文化に秩序と再建への道を示し、この文庫を角川書店の栄ある事業として、今後永久に継続発展せしめ、学芸と教養との殿堂として大成せんことを期したい。多くの読書子の愛情ある忠言と支持とによって、この希望と抱負とを完遂せしめられんことを願う。

一九四九年五月三日

角川文庫ベストセラー

ドミノ　恩田　陸

一億の契約書を待つ生保会社のオフィス。下剤を盛られた子役の麻里花。推理力を競い合う大学生。別れを画策する青年実業家。昼下がりの東京駅、見知らぬ者同士がすれ違うその一瞬、運命のドミノが倒れてゆく！

夢違　恩田　陸

「何かが教室に侵入してきた」。小学校で頻発する、集団白昼夢。夢が記録されデータ化される時代、「夢判断」を手がける浩章のもとに、夢の解析依頼が入る。子供たちの悪夢は現実化するのか？

雪月花黙示録　恩田　陸

私たちの住む悠久のミヤコを何者かが狙っている……！　謎×学園×ハイパーアクション。恩田陸の魅力全開、ゴシック・ジャパンで展開する『夢違』『夜のピクニック』以上の玉手箱!!

二重生活　小池真理子

大学院生の珠は、ある思いつきから近所に住む男性・石坂を尾行、不倫現場を目撃する。他人の秘密に魅了された珠は観察を繰り返すが、尾行は珠と恋人との関係にも影響を及ぼしてゆく。蠱惑のサスペンス！

きりこについて　西　加奈子

きりこは「ぶす」な女の子。小学校の体育館裏で、人の言葉がわかる、とても賢い黒猫をひろった。美しいってどういうこと？　生きるってつらいこと？　きりこがみつけた世の中でいちばん大切なこと。

角川文庫ベストセラー